더치로운
생활

8,551km 떨어진 새집

네덜란드가 가르쳐준 것들

내가 사랑한 네덜란드

산책하듯 여행하며 사는 법

겨울을 찾아서

가족도 사랑하는 네덜란드

들어가며

Hoi! Amsterdam!

"내 딸아…. 그동안 맏딸의 자리에서 애쓰느라 수고 많았다. 이제는 그 무거웠던 짐 내려놓고 너만의 세상을 마음껏 펼치며 살다 오렴. 타국에서 가족들을 챙길 내 딸이 안쓰럽고 그립겠지만 항상 응원하며 기다리고 있으마."

네덜란드로 떠오른 비행기 안 엄마의 편지가 나를 무너뜨린다. K-장녀로 고군분투했던 세월을 인정받는 고마움의 눈물이었을까? 아니면 물리적으로 엄마의 둥지를 벗어나 완전히 홀로 서야 한다는 두려움의 눈물이었을까? 막상 한국을 떠나는 순간에 보니, 나는 한 번도 가족으로부터 완벽히 독립한 적이 없었다…. 비행하는 내내 맏딸의 무게를 내려놓는 홀가분함보다 오히려 낯선 땅에서 견뎌야 할 외로움을 걱정했다. 모든 게 서툴기만 한 어른이었기에….

12시간의 비행 후 암스테르담에 내리니 저 멀리 도착해 있던 신랑의 웃는 얼굴이 눈에 들어온다.

CHAPTER 1

‘그래, 이제 진짜 시작이구나. 잘 살아 보자. 우리 세 식구!’

안개가 자욱한 네덜란드의 밤은 스산하고 고요했지만 아주 낮설지만은 않았다. 막상 도착하니 두려움보다는 낯선 환경에서의 결속력과 새로운 생활에 대한 기대가 컸던 것 같다. 그렇게 온 가족이 한껏 흥분된 마음으로 암스테르담의 첫날밤을 맞이했다.

"자기랑 아침을 시작하니 전혀 다른 세상이 펼쳐지네… 웰컴 투 홀란드."

일찍 출근한 신랑의 다정한 쪽지와 함께 기분 좋은 첫째 날 아침을 맞이했다. 지금 이곳엔 나를 필요로 하는 사람들이 있다. 한국에서처럼 야무지고 당당하게 해나갈 수 있다고 중얼거리며 창문을 활짝 열어 젖힌다. 4월이지만 네덜란드의 바람은 아직 차다. 창밖엔 보란듯이 청량한 바람, 구름 한 점 없이 파란 하늘이 있었다. 언제나 동일한 햇빛은 그날따라 유난히 낯선 광채였고, 그 아래 흐드러지게 피어있던 꽃들이 살랑거려 넋을 잃었다.

　늘어선 주택 사이를 쓰다듬으며 흐르는 운하가 햇빛에 반짝였다. 유유자적 떠다니는 오리와 백조는 아무런 근심 없이 여기가 환상의 나라라고 말하는 것만 같았다. 새소리와 풀벌레 소리가 선명히 들릴 만큼 조용했다. 창문을 열기 전까지만 해도 마음이 부산했는데 창밖 세상은 내게 조금도 걱정할 필요가 없다고 말하고 있었다. 그 길로 바로 현관을 나서자 바로 옆에 펼쳐진 넓은 풀밭에는 소들이 여유롭게 풀을 뜯고 있었고 나와 한참 눈을 맞췄다. 멀리 있던 아기 송아지는 어미와 내가 마주보고 있는 게 신기했는지, 먹던 풀을 입에 문 채로 경중경중 뛰어왔다. 환영 인사를 건네준 소들에게서 독특한 유채꽃 냄새가 났다. 냄새에는 선연한 추억이 깃든다. 아직도 유채꽃 향을 맡을 때마다 네덜란드의 첫날로 순간 이동 하는 느낌이다.

　한편엔 끝도 없이 펼쳐진 평지 위에 수십 개의 풍차가 세차게 돌고 있었다. 운하 옆으로 곧게 뻗은 길을 거대한 트럭들이 분주히 움직인다. 트럭에 그려진 꽃 표식을 보니 문득 실감이 난다.

'그래, 내가 꽃의 나라에 들어와 있구나....'

이 나라가 너무 궁금해진다. 낯설지만 기꺼이 품어주는 듯한 평온하고도 묘한 기분.

8,551km 떨어진 새집

모든 게 가능한 국가라는 오해

커피 마시러 카페를 가듯 커피숍에서 대마초를 살 수 있고, 걷다 보면 누드 해수욕장이나 남녀 혼탕이 보이고, 불치병에 걸린 사람의 의지에 따라 안락사도 허용되는 나라. 동성애자의 결혼과 입양도 합법이요 매춘부도 일반 회사원 같은 복지와 대우를 받는 곳, 네덜란드에 도착한 것이다.

2001년 세계 최초로 성매매와 동성혼을 합법화한 네덜란드 암스테르담의 홍등가*는 전 세계 관광객의 이목을 끌기 충분했다. 진보적이다 못해 질서도 없을 것 같은 나라가 어떻게 굴러갈지 쉽게 상상되지 않았지만, 직접 겪어본 네덜란드는 어느 나라보다 범죄율이 낮았으며 사회는 체계적이고 안전했다.

걱정과 두려운 마음을 안고 홍등가 골목에 들어서던 그날, 선입견과 달리 유쾌하고 개방된 축제 분위기에 깜짝 놀랐다. 적나라한 사진과 포스터, 빨간 유리창 속 매춘부들이 관광객들을 유

---

* '붉은 등이 켜진 거리'라는 뜻으로 사창가나 유곽이 모인 거리

혹하는 실제 유흥가지만 음침하다기보다 왁자지껄한 축제 같았고, 거리에는 남녀노소, 유모차를 끄는 가족 단위의 관광객까지 가득했다.

줄이 가장 긴 유흥업소에는 독특한 콘셉트가 있었다. 입장하면 칸막이 방에 들어가 창문 앞 기계에 동전을 넣는다. 곧 커튼이 열리고 벌거벗은 채 스트립쇼를 하는 여성이 보인다. 중앙에 쇼걸을 중심으로 둥글게 배치된 방에서 관광객들은 너나 할 것 없이 현란한 움직임에 빠져들었다. 사람들은 커튼이 닫힐까 봐 서둘러 주머니 속 동전을 투입한다. 쇼걸을 가운데 두고 잠시 반대편 방의 손님과 눈이 마주칠 때면 죄의식이 들기도 했지만, 무척이나 신선한 경험이었다. 퇴폐업소가 아닌 이색 오락실에 온 느낌이랄까?

네덜란드 정부에서는 성매매를 일반 직업으로 인정하기 때문에 매춘부가 휴식을 취할 휴게실이나 병가와 같은 복지가 있고, 고용주인 포주도 다른 일반 기업의 고용주와 마찬가지로 국가에 세금을 내야 한다. 보통 직장인과 다를 바 없다.

성매매를 나쁘게 규정하면 음지화될 수 있어 오히려 매춘부들이 안전하게 일하도록 하자는 의견이 대부분이다. 이런 개방적인 생각이 음지 문화를 재탄생시킨 것이다. 지나치게 자유로운 무법 지대 같지만 그렇지 않다. 대마초는 소량만 판매할 수 있으며, 대마초보다 더 강한 마약은 판매 금지, 청소년에게 규

제하는 등 분명히 제한이 있다. 정도가 약하기 때문에 규제가 없다고 느껴지는 듯하다.

만약 네덜란드를 별세상으로 생각한다면 역시 오해다. 자유와 규제 사이를 누비며 어느 한쪽으로 치우치지 않는 건강한 사회의 모습일 뿐이다. 보이는 것만으로는 전부를 알 수 없다. 내밀한 사정을 알기 위해서는 직접 발을 담가보는 수밖에. 이제 막 암스테르담에 도착한 나도 아직은 초보 더치일 뿐이지만!

암스테르담 홍등가의 화려한 밤

해발고도 마이너스, 네덜란드

'신이 세상을 만들었다면, 네덜란드는 네덜란드인이 만들었다'는 말이 있다. 네덜란드는 국토의 60%가 해수면 아래에 있어 모든 국민이 치열하게 물과 싸워 온 역사가 있다. 국토 면적이 우리나라 면적의 절반이 되지 않고, 경상도와 전라도를 합친 것보다 작은데도 국토의 6분의 1을 물과 싸워 개간한 지독한 나라. 그런데도 손에 꼽힐 정도로 부유하며 하늘과 맞닿을 듯 평평한 땅 위에 튤립들이 흐드러져 있다. 그리하여 이 튤립은 거친 자연으로부터 일궈낸 산물로 네덜란드를 대표한다.

과거에는 낮은 고도 탓에 대부분의 영토가 습지처럼 질퍽였고 걸어 다니기 위해 나무로 만든 나막신을 신어야 했으며, 땅에 찬 물을 풍차로 퍼내곤 했다. 거친 북해를 마주하고 있다 보니 물의 범람으로부터 늘 안전할 수 없었다. 평생을 지독하게 '물'과 맞서 싸워 지금의 평평한 영토를 만들어 냈다.

암스테르담이라는 이름도 치열한 개간의 역사로부터 생겨났다. 13세기경 북해를 마주하고 있던 습지 지역에 범람을 막을 댐을 설치해 암스텔 강을 댐으로 막은 지역이 Amsterdam이다.

힘겹게 일궈낸 습지가 넓지도, 비옥하지도 않았기 때문에 일찌감치 교역과 고부가 가치 산업을 중심으로 나라를 키워 나갔다. 인공적으로 만든 땅엔 도시를 감싸 흐르는 수많은 운하와 댐을 만들어 홍수에 대비할 수 있었다. 자원이 부족하고 척박한 땅이었지만 굴하지 않고 새로운 기회를 노려 경제를 성장시킨 것이다. 실리적인 마인드를 갖춘 이 나라 사람들은 아마 가장 낮은 땅에서 누구보다 높은 꿈을 꾸고 있었던 게 아닐까?

바다 아래로 도로가 나 있고 그 위로 배가 지나간다.
도로보다 높은 왼쪽은 호수로, 물보다 낮은 제방 길이 흔하다.

기울어지고 좁고 높은 집

　우리나라 사람들은 이민을 오더라도 신축 단지를 선호하다 보니, 정작 암스테르담의 오래된 주택을 가볼 일이 없었다. 조금은 아쉬운 마음이 있었는데 한번은 미국 친구가 오래된 네덜란드 주택에 초대해 들뜬 마음으로 방문하게 되었다. 암스테르담 시내의 오래된 건물로, 집 앞에 위치한 나무의 크기들이 얼마나 오랜 시간 이 땅에서 함께 자리를 지켜 왔는지 대번에 짐작하게 했다.

　커다란 나무 현관문은 눈이 닿는 곳마다 파이고 삭아 있었고, 문이 열리자 친구네 가족이 환하게 웃으며 우리를 맞이한다. 오래된 나무집의 냄새가 코끝을 스치고 발걸음을 옮길 때마다 삐그덕 소리가 났다. 폭이 좁고 천장이 높은 내부는 습하고 어두침침한 분위기 때문인지 을씨년스럽기까지 했다. 가구마저 세월의 흐름이 느껴졌지만 동시에 모든 게 고풍스럽고 이국적이었다. 같은 암스테르담에 살면서도 여기가 진짜 암스테르담이라는 느낌이 들었으니까.

　거실을 살펴 보니 한쪽 바닥이 반대쪽보다 기울어져 있다. 친구는 이 사실을 알고도 모른 척 선택한 걸까. 혹시 착각일까 싶어 가구를 살펴보니 의자 다리가 비스듬히 잘려 있거나 바닥에 맞춰 받침을 덧댄 게 아닌가. 집은 아름답지만 이런 점이 불편하지 않은지 물었다.

"여긴 암스테르담이잖아! 기울어지고 좁고 높아야 네덜란드지! 처음엔 운하에 떠 있는 보트 하우스에서 살고 싶었는데 그건 남편이 반대해서 못 했지 뭐야…. 네덜란드에 머무는 동안이라도 네덜란드스럽게 살고 싶었어."

불편하고 위태로울 거라고만 생각했는데 전혀 예상치 못한 답변이 돌아왔다. 갓 지은 주택보다 오래된 집들이 더 비싸고 구하기 어려웠던 이유가 여기에 있었다. 누군가에게는 편리함이 가장 중요하지 않을 수도 있다는 것. 우리나라는 개성 없이 쭉쭉 늘어선 신축 아파트 단지에 들어가고 싶은 사람들이 줄을 서 있는데…. 우리와 차원이 다른 이들이 존재했기에 네덜란드에서는 오래되고 위태롭던 집들이 명맥을 유지할 수 있었다.

암스테르담 시내만 가도 운하 주변으로 좁고 길게 늘어선 집들을 볼 수 있다. 관광객들은 운하에 비친 독특한 주택의 모습을 사진으로 담기 바쁘다. 왜 굳이 집을 레고처럼 다닥다닥 붙여 놓았을까? 과거 네덜란드도 영토가 좁다 보니 주택의 밑면적을 기준으로 세금을 부과했다고 한다. 우리나라도 비슷한 이유로 면적을 줄이기 위해 아파트가 들어선 게 아니던가.

요즘 네덜란드 주택들은 삼층집이 많지만, 예전 건물처럼 밑면적이 좁지 않고 안정된 형태의 모습을 갖추고 있다. 반면, 대부분의 오래된 건물들은 습한 지질을 기반으로 지어져 위태로울 정도로 기울어져 있는데, 보기엔 아름답지만 진짜 사는 사람들의 마음은 어떨지 모르겠다.

보통 3층짜리 집에는 앞뒤로 정원 공간이 딸려 있다. 1층은 주방과 거실, 2층은 침실, 3층은 다용도실과 손님방이다. 우리 집에서도 매일 수십 번씩 계단을 오르내리곤 했다. 건물 폭이 좁고 문이 작아 이사할 때도 어려움이 많다. 한국에서 들여온 짐이 2, 3층 침실로 올라가야 하는데 쉽지 않았다. 나중에 한국 친구들 집에 가 보니 침실로 올라가지 못해 1층에 자리를 잡은 장롱부터, 3층에 놓지 못해 애매하게 자리잡은 커다란 세탁기, 쓰레기장으로 향하고 만 침대 등 포기해야 할 부분이 많았다.

문화는 상대에 대한 배려를 넘어 소통의 수단이 된다. 그만큼 열려 있어야 올바른 소통이 되는 법이다. 나도 이왕 머무는 만큼 가장 네덜란드스럽게 살고 싶다고 생각했었다. 미국 친구 집과 같은 곳에 살았더라면 진짜 더치의 삶에 깊이 들어갈 수 있지 않았을까? 잘 차려진 우리집도 좋았지만 한편엔 아쉬움이 남았다.

행복에 영향을 미치는 건 내가 처한 환경 그 자체가 아니라 마주한 상황을 해석하는 태도인 것 같다. 누군가는 좁은 계단을 오르내리는 일을 매번 불평할 테고, 또 누군가는 기울어지고 좁은 집에서도 부족함 없이 흠뻑 웃으며 살 테니까. 어떤 집에 사는지보다 중요한 건 어떤 마음으로 사는지다. 진짜 네덜란드인처럼 기울어진 집을 선택할 용기는 없지만, 좁고 긴 삼층집에서도 행복할 자신은 있다. 일단은 그거면 충분할 것 같다.

네덜란드 주거 형태를 본떠 만든 자석 기념품

열쇠는 유행을 타지 않는다

네덜란드에 처음 도착했던 날, 집주인이 가장 먼저 건네준 건 한 뭉치의 열쇠 꾸러미였다. 얼마 만에 보는 열쇠인가…. 내가 어릴 때만 해도 집집마다 열쇠를 쓰곤 했다. 주머니에 넣어둔 집 열쇠를 잃어버려 친구들과 놀이터 모래밭을 샅샅이 뒤지던 일, 집 앞 우유 주머니와 화분 밑에 열쇠를 숨겨 두었던 기억, 학창 시절 교무실을 드나들며 좋아하는 선생님을 한 번이라도 더 보기 위해 자처했던 교실 열쇠 담당일, 첫 번째 커플 아이템이었던 하트 열쇠고리까지.

아무리 즐거운 추억이 가득한 열쇠라도 한국에서는 불편하고 성가신 존재가 된 지 오래다. 대부분의 집에서는 디지털 도어락을 사용하고 자동차마저 휴대폰으로 여닫는 시대니까. 예전만 해도 길에 흔히 보이던 열쇠 가게나 만능열쇠 아저씨도 사라졌다. 그렇게 한동안 잊고 지내던 열쇠 꾸러미를 오랜만에 만나니 어찌나 반갑던지…. 제일 중요한 현관 열쇠부터 방 열쇠, 정원 창고, 쓰레기통, 창문 열쇠까지 종류도 다양하다. 이내 반가운 마음도 잠시, 여기서 지내는 동안 분실하지 않고 잘 챙겨야 한다는 부담도 들었다.

나라 전체가 디지털 도어락을 사용하는 우리로서는 왜 선진국이 아직도 열쇠를 쓰는지 도무지 이해할 수 없었다. 하지만 네덜란드에 온 이상 네덜란드의 법을 따를 수밖에. 온 가족이 달그락거리는 열쇠를 나눠 가졌고, 특별히 신랑의 열쇠고리엔 사무실과 출퇴근용 자전거 열쇠가 추가됐다. 열쇠를 오른쪽으로 두 바퀴, 왼쪽으로 반 바퀴 여는 방법도 어찌나 복잡한지, 처음에는 문 앞에서 이리저리 돌려가며 씨름하기 일쑤였고, 꼭 남의 집에 침입하는 어설픈 도둑이 된 것 같았다.

열쇠를 잃어버리면 일이 더욱 복잡해지는데 열쇠공을 불러도 잘 오지 않을 뿐만 아니라, 온다고 해도 출장비로 2~300유로는 족히 지불해야 한다. 거기에 특수 키라 열리지 않으면 문이나 창문을 부숴야 하고, 그 수리비를 우리가 지불해야 했다. 도대체 왜 이런 불편한 열쇠를 쓰며 그런 분실의 위험을 떠안고 살아가야 하는지 화가 났다. 열쇠 생활에 정신을 바짝 차리고 지낸 지 3개월쯤 지났을까? 열쇠에 익숙해져 긴장이 느슨해질 때쯤, 꼭 그럴 때 슬픈 일이 생긴다.

긴 가을 방학을 이용해 여행을 다녀오던 일요일 저녁, 자정에 가까운 시간. 공항에 도착한 우리는 여느 때처럼 집으로 가는 택시를 기다리며 집 열쇠를 찾기 시작했다. 그런데 아무리 찾아도 꾸러미가 보이지 않는다. 즐거웠던 일주일의 기억을 순식간에 거슬러 출발할 때로 되돌려 보니 열쇠로 현관문을 잠근 기억이 나지 않는다. (유럽 현관문은 그냥 닫으면 열쇠를 왼쪽으로 반 바퀴 돌려 열 수 있고, 열쇠를 오른쪽으로 두 번 돌려 잠그면 완전히 잠긴다.) 장기간 집을 비울 때면 오른쪽 두 번을 돌려 완전히 잠갔어야 했는데 그런 기억이 나지 않는다. 그저 쾅 닫힌 문과 선반에 그대로 놓여있을 열쇠 꾸러미만 어렴풋이 떠오른다. 하필 이런 패닉의 순간이 모두가 잠든 일요일 자정이라니. 도움을 청할 데가 없다. 급한 대로 공항을 순찰하던 경찰에게 자초지종을 설명하며 이런 경우 어찌 해결하면 되는지 물었다. 다급한 우리와 달리, 웃음 섞인 조언은 어이가 없었다.

"아마 지금 시간에 부를 수 있는 열쇠공은 없을 거야. 행여나 그가 온다 해도 창문을 깨고 들어가서 그걸 수리하는 비용이 출장비보다 더 저렴할걸?"

이게 경찰이 할 소리냐는 말이다. 급한 대로 택시를 타고 집으로 가서 상황을 보기로 했다. 택시 기사에게 이 상황을 설명하니 놀랍게도 같은 대답이 돌아온다. 어찌나 네덜란드스럽던지…. 자신이 아는 열쇠공 친구에게 전화를 걸어봤지만 자는 중이라 내일 아침에나 올 수 있다고 했고, 집 앞에 도착한 택시 기사는 우리가 딱했는지 그 자리를 떠나지 못했다. 굳게 잠긴 상태는 아니라 도구로 편지통을 관통하면 문을 열 수 있을 것 같아 택시 기사와 수중의 도구로 문을 열어 보려 했지만 열리지 않았다.

새벽 1시가 다 되어가는 시간, 지치고 초조한 마음을 꿰뚫어 봤는지 빗방울까지 떨어지기 시작했다. 다 늦은 새벽만 아니면 옆집이나 동네 사는 지인들에게 연락할 수도 있고, 집주인에게 여분의 키를 받으러 가도 되는데 세상이 잠든 지금 할 수 있는 일이라곤 머리를 맞대는 수밖에 없었다. 정원 담장을 넘어 쓰레기통을 밟고 간신히 2층으로 도달한 신랑이 고개를 내젓는다. 창틀에도 열쇠를 쓰다 보니 엄청 견고했다. 좁은 편지통 사이로 아이의 작은 손을 넣어 봤지만, 닿을 듯 말 듯 열리지 않았다. 비는 오고 밤은 깊어 가고 결국은 호텔에서 하루를 마무리해야 겠다고 포기한 그때, 라이트를 비추며 집에 들어가던 옆집 네덜란드 아저씨!

창피함을 무릅쓰고 그에게 달려갔다. 비 내리는 새벽, 어둠 속에서 갑자기 달려든 우리 때문에 엄청나게 놀란 그에게 또 한 번 자초지종을 설명한다. 그가 나타나기 전까지 우리 머릿속을 맴돌았던 도구의 모양을 설명하며, 막대기와 테이프만 빌려줄 수 있겠냐고 묻자 흔쾌히 같이 만들어보자던 그는 금방 집에서 나무와 톱, 테이프를 들고나왔다. 달밤에 톱질로 만들어낸 간이 도구가 편지통을 관통하길 여러 번, 달칵! 하고 드디어 문이 열렸다.

올레!!!

고요한 새벽, 결승 골을 넣은 축구 선수처럼 환호하며 날뛰던 우리 넷. 그는 낯선 땅에서 곤경에 처한 우리를 구해준 구세주이자 히어로였다. 우리의 히어로 덕분에 역경의 순간도 아름다운 추억이 되고, 무책임한 이 나라도 따뜻하게 기억되었다.

그날 이후 열쇠에 대한 강박증이 생겼다. 자주 메는 가방, 화분 밑이나 동네 지인에게까지 열쇠를 나눠 두고 혹시 모를 상황에 대비했다. 다른 한국 지인들도 열쇠 챙기는 일이 익숙하지 않다 보니 집에 두고 외출하는 경우가 잦았고, 쓰레기를 버리러 잠깐 나온 사이에 현관문이 닫히는 등 한 번씩은 열쇠 때문에 곤욕을 겪었다.

옆집 아저씨로 말할 것 같으면 네덜란드 가정집에 흔하지 않은 에어컨부터 대문 앞의 개인 CCTV와 센서 등, 차고지의 자동문까지 갖춘 집이었으나 현관만큼은 열쇠를 이용했다. 한번은 한국의 디지털 도어락과 스마트 키의 보급률을 언급하며, 디지털 도어락을 사용하지 않는 이유를 물었던 적이 있다. 그는 현관이 외부에 있는 주택의 특성상 비밀번호가 노출된다는 불안감도 그렇고, 결정적인 부분에서 디지털 기기를 신뢰하지 않는다고 했다.

"기계가 고장 나면? 누군가 그 기계를 부순다면? 그게 제일 불안한 장치 아닐까? 난 도어락을 믿을 수 없어…."

누군가는 화재 시 기계 오작동으로 탈출하지 못할 수도 있다고 했고, 다른 누군가는 기계가 눈비에 그대로 노출되어 고장이 잦을 거라고 했다. 단순히 불편하다는 이유로 모두 바꾸는 게 오히려 낭비라는 것 같았다. 유지할 것은 유지하고 고수하는 삶의 태도가 깊이 배어 있다. 편리하다면 금방금방 바꿔가는 한국과 달리 네덜란드에서는 한번 익숙해진 트렌드에서 꼭 변화할 이유가 많지 않아 보였다.

트렌드가 빠르게 바뀌지 않는 사회에서 오는 안정감이 있다. 빠르게 변화하는 세상을 살다 보면 따라가지 못해서 받는 스트레스도 크고, 모두 같은 방향으로 가는 게 이상하다고 느끼기도 한다. 구태의연하게 보이지만 구관이 명관인 것도 많다. 어쩌면 유행이나 사회적 흐름이라는 명목하에 소중한 자원을 불필요하게 낭비하고 있는 건 아닌지…. 유럽인의 여유와 긍지가 쉽게 흔들리지 않는 이유도 그래서일까. 편리함과 유용함을 쫓느라 진정 중요한 부분을 놓치며 살아온 건 아닌지 돌아보는 계기가 되었다. 물론 이미 도어락을 맛본 이상 열쇠로 돌아가기 쉽지 않다는 걸 알지만.

잠긴 집 문을 여는데 도와준 옆집 아저씨

CHAPTER 1

차보다 사람, 사람보다 자전거

　인당 자전거 보유 대수 1.3대, 인구보다 자전거 수가 더 많고 세계에서 자전거 문화가 가장 풍부한 곳! 튤립의 나라, 풍차의 나라, 운하의 나라, 오렌지색 나라 등 여러 수식어가 있지만 단연코 자전거란 단어가 네덜란드를 가장 잘 대표한다. 처음 네덜란드 생활을 시작했을 때가 아직도 떠오른다.

　출퇴근 시간이면 건널목에 끝이 안 보이게 줄지어 서 있는 자전거 행렬. 어린아이부터 7, 80 노인들까지 남녀노소, 임산부, 정장 입은 회사원, 치마를 입은 여성들까지 줄지어 달리는 자전거 행렬이 늘 재미난 볼거리 였다. 비가 와도 눈이 와도 그들은 매일 자전거를 탄다. 날씨가 궂은 날에도 비옷에 의지한 채 자전거를 타는 모습이 처음엔 궁상맞아 보이기 일쑤였는데, 흐린 날씨가 대부분인 네덜란드이기에 환경에 순응하며 살아가는 그들이 문득 대단한 정신력을 가졌다는 생각이 문득 들었다. 비바람에 맞서 작은 자전거를 타고 아빠를 따라가는 아이들, 둘째 아이를 뒤에 태우고 첫째의 자전거를 한 손으로 잡고 달리는 엄마까지…. 그들에겐 자전거를 타지 못할 변명도 이유도 없어 보였다. 그것이 살아온 모습이고, 삶에 녹아든 독립심과 인내의 순간인 듯했다.

흔한 등굣길에 늘어선 자전거 행렬

   직장인의 절반이 자전거로 통근하고, 학생들의 75%가 자전거로 통학한다는 이 나라는 언제부터 이렇게 자전거를 타기 시작했을까. 18세기 무역의 선구자였던 네덜란드는 세계 어느 나라보다 빠르게 산업 혁명을 겪었고, 암스테르담은 폭증한 자동차로 인해 교통 문제를 겪기 시작했다. 이를 해결하기 위해 정부는 콘크리트로 운하를 메우며 땅을 넓혀 자동차 도로를 건설하려는 도시 계획을 전면에 내세웠고, 일부 네덜란드인들은 전통적인 도시의 모습을 자동차 도로로 바꾸려는 움직임에 거세게 저항했다.

우리의 청계천이 그러했던 것처럼 암스테르담의 운하들도 이 시기 매립의 갈림길에 서 있던 것이다. 그렇게 도시 계획 추진에 차질을 겪던 중 1971년, 교통사고 사망자 3,200명 중 500명이 14세 미만 아이들이라는 충격적인 사실이 드러났다. 이를 계기로 자동차 중심 도시의 문제점을 직시하고, 자동차 사용을 줄이자는 움직임이 더욱 거세졌다.

자동차 대신 자전거를 선택하는 사람들이 많아졌으며, 때마침 기름값이 4배 이상 오르는 오일 쇼크의 변수가 더해져 자연스럽게 자전거 사용을 늘린 것이다. 불편할 것만 같았던 자전거로의 귀환, 그들은 과감하게 편리함을 포기했다.

편리함을 포기하니 자전거의 장점이 눈에 보이기 시작했다. 네덜란드는 개간으로 만들어 낸 나라이다 보니 전 국토가 완벽에 가까운 평지를 자랑한다. 영토가 작아 지역 간 거리도 비교적 짧다. 그렇다 보니 누구나 조금만 배우면 자전거를 타기에 어려움이 없다. 비싼 대중교통비와 주차비를 보완할 수 있는 건강한 대안으로도 자전거가 안성맞춤이었다.

이러한 움직임에 발맞춰 정부는 자동차 억제 정책과 자전거 부흥 정책을 동시에 추진했다. 시내에서 속도 제한, 과속 방지턱 설치, 비싼 주차 비용, 외곽 주차장 설치, 자동차 도로는 우회하는 방향으로 만들어 운행량을 억제했고, 여기서 벌어들인 주차 비용을 다시 자전거 인프라에 투자했다. 자동차 운전자로서 시내 백화점에서 쇼핑 좀 하려고 하면 구매 금액에 맞먹는 주차비가 아까운 데다가, 자전거 길보다 더 오래 걸리는 자동차 도로 때문에 답답했던 기억이 난다.

네덜란드의 자전거 길은 도시 전체를 넘어 전국을 하나의 네트워크로 만들었는데, 자전거로 어디든 접근할 수 있어 전국 일주가 가능하다. 또한 자동차 길과 자전거 도로를 구별하지 못할 만큼 자전거 도로가 넓고 안전하게 마련되어 있다. 정착 초기에는 찻길인 줄 알고 자전거 도로에 진입했다가 빠져나오느라 애를 먹은 적도 있다. 아무렇지 않게 자전거 도로에 진입했는데 수많은 자전거가 내 차 주변을 둘러싸며 무언가 잘못되었다는 걸 알려준다. 차를 향해 어깨를 들썩이며 황당함을 표하다가도 당황한 동양 여성을 발견하고는 옆에 있는 찻길로 넘어가라고 친절히 안내해 준다. 자전거들을 피해 후진으로 나오는 순간 어찌나 진땀이 나던지…. 한국의 좁은 자전거 도로를 생각한다면 오산이다. 네덜란드의 자전거 길은 그냥 차도로 착각할 만큼 폭이 넓다. 차도 양쪽으로 넓은 자전거 길이 나란히 달리는 형태이니 같은 찻길인 줄 알았지 뭐.

자전거 도로와 차도의 크기가 비슷하다.

일차선 도로 양옆으로 나 있는 자전거 도로

네덜란드의 도로에서는 자전거, 보행자, 자동차 순으로 우선순위를 갖는 규칙이 있다. 차가 중심인 우리와 달리 네덜란드는 보행자를 우선 보호하기에, 길을 건너는 누구든 양보하며 기다려 주는 분위기가 자리잡혀 있다. 건너는 시간이 오래 걸려도 느긋하게 기다려 주는 운전자를 향해 보행자도 미소로 답한다. 서로에게 건네는 배려의 마음 덕분에 운전을 하면서도 늘 즐겁고 여유로웠던 것 같다. 걸음이 빠른 도시에서는 인사조차 건네기 어렵지만 느긋한 상대의 속도를 기다려 주는 일, 뒷사람을 위해 문을 잡아주는 일, 눈이 마주치면 기분 좋게 나누는 인사들이 하루를 뿌듯하고 행복하게 만들었다.

반면 수많은 자전거가 무자비로 질주하는 자전거 부대를 만날 때면 운전자로서 항상 긴장의 끈을 놓을 수 없었다. 도로에서 우위를 가진 자전거들의 안일한 운전으로 발생하는 사고도 잦은데, 그래서 네덜란드 정형외과 실력이 세계 어느 곳보다 뛰어나다는 말이 있다고 이웃들은 우스갯소리를 했다. 자전거를 권장하는 만큼 규제도 확실하다. 자전거 교차로와 신호등을 설치하고, 자전거 도로와 보관소 등을 확충하며, 자전거 운전자에게 우선권을 주는 대신 규칙 준수에 대한 책임도 강화하여 운전자 간에 공정한 문화를 만들어 간다. 무단 주차된 자전거를 회수하기도 하고, 벌금 조치도 강력하게 마련되어 있다.

자전거를 우대한다고 해서 항상 자동차 운전자만 부당한 대우를 받는 것도 아니다. 자동차 고속도로 통행비는 모두 무료이며, 어디를 가도 균열 없이 평평한 도로 환경을 제공하는 국가의 노력을 엿볼 수 있다. 유럽의 국경을 넘나들며 운전을 하다 보면 도로 상태로 인한 타이어 소음으로 피로도가 상당한데, 갑자기 조용하고 부드러운 소리가 들려오면 네덜란드 국경에 진입했음을 알 수 있었다. 네덜란드의 견고한 자전거 문화 속에는 그들의 성실하고 검소한 삶의 태도뿐만 아니라 국가의 세심한 노력이 깃들어 있었다.

트램과 자동차, 자전거, 보행자가 달리는 암스테르담 시내

TO BE LOCAL!

건널목마다 길게 늘어선 자전거 행렬에 놀라고, 어마어마한 크기의 자전거 주차장에 또 놀라던 중에 가장 충격이었던 건 네덜란드 사람들 대다수가 디자인도 없고 너무 구식인 자전거를 탄다는 사실이었다.

"TO BE LOCAL!" 네덜란드에 머물기 시작한 어느 봄날, 현지인이 되려면 자전거를 먼저 사라는 시청의 웰컴 광고지를 받은 기억이 난다. 네덜란드 생활은 자전거로 시작되는 셈이다.

자전거 판매점에 처음 들렀던 날, 생각보다 저렴하지 않은 가격에 눈이 휘둥그레진다. 가격은 비싼데 그 많은 자전거 중에 마음에 드는 디자인이 하나도 없어 더 망설여졌다. '같은 값이면 다홍치마'라고 눈에 띄게 독특하고 고급스러운 디자인만 살아남는 한국 사회와 달리 실용주의가 깊숙이 뿌리내린 이곳은 브랜드도, 디자인도 그닥 중요하게 생각하지 않는 것 같았다. 그저 안전하게 탈 수 있는지, 정장과 치마를 입고 타기에 불편함이 없는지, A/S 기간이 넉넉한지가 전부일 뿐. 이동 수단은 이동 수단에 불과한 느낌이다.

남편의 출근길을 동행해 줄 녀석을 고르기 위해 최대한 넓은 마음으로 자전거 매장을 둘러보기 시작했다. 우리나라 자전거 같은 핸드 브레이크보다 생소한 풋브레이크용(발로 브레이크를 잡는 형태로 손잡이에 브레이크가 달려있지 않다) 자전거가 대다수였고, 평지의 나라답게 대부분 기어도 달려있지 않았다. 세계 최고의 신장을 자랑하는 네덜란드답게 안장도 매우 높이 있어서 아시아인 남편에겐 현지 여성용 자전거가 적합해 보였다.

　몇 개 없는 핸드 브레이크에 여성용 자전거로 한정하니 선택권이 거의 없다. 어렵게 고른 자전거의 배송 날짜를 물으니 직접 타고 가는 거라고 말하는 점원. 자전거 하나 사는데 처음부터 끝까지 당혹스런 일들의 연속이었다. 매장에서 한참을 골랐지만, 배송을 받으려면 인터넷 구매를 해야 했기에 그날은 소득 없이 집으로 돌아와 인터넷으로 자전거를 구매했다. 거기서 끝이 아니었다. 자전거가 조립 전 상태로 배달된 것! 또 한 번 생각지 못한 전개였지만, 공대생 남편은 이 정도 수고로움은 즐겁다며 보란듯이 조립을 시작했다.

　힘들게 조립된 녀석과 함께 출근한 첫날, 남편은 어쩐지 퇴근 시간이 다 되어도 돌아오지 않았다. 한참이 지나서야 퀭하고 초췌한 모습으로 돌아온 그의 손에는 생뚱맞게 멍키 스패너가 들려 있었다. 신나게 공원 길을 따라 달리던 퇴근길, 본인이 직접 조립한 자전거 페달이 빠져 수많은 자전거 행렬 속에서 넘어지는 일이 발생했다고 했다. 아픔보다 창피함과 당혹감에 어쩔 줄 몰라 하던 여성용 자전거 주인에게 수십 명의 네덜란드인이 달려와 다치지 않았는지 살펴주고 페달도 손수 고쳐주었다고. 그들의 가방에서 아무렇지 않게 나온 큰 연장도

공대생의 난생처음 자전거 조립

재밌고, 수십 명이 다가와 창피했던 상황도 다시 생각하니 그저 웃기는지 꼬질꼬질해진 얼굴로 너털웃음을 지었다.

그에게는 당황스럽고 고된 하루였지만 가족들과 밤이 늦도록 재미나게 얘기하며 두고두고 곱씹는 유쾌한 추억이 되었다. 로컬이 되고자 했던 남편의 잊지 못할, 찐한 신고식이었다. 남편은 그 후로도 몇 달 동안 배낭에 연장을 가지고 다녔다. 현지인이 되는 길은 멀고도 험하다. 곤란한 상황에 빠진 이방인을 지나치지 않고 도와준 친절한 사람들도 자전거로 하나되는 소속감을 느낀 게 분명하다.

식보다는 삶을 선택할 것

오후 4~5시가 되면 다소 이른 시간이지만 퇴근한 사람들로 동네 마트가 붐비기 시작한다. 한국과는 다르게 남녀 할 것 없이 각 집의 저녁 식사 당번들이 저마다의 계획대로 간단하게 장을 본다. 처음 마트에 갔던 날, 낙농 1위 국가다운 엄청난 종류의 유제품과 치즈들이 가장 눈에 띄었다. 우리와 비슷하면서도 조금은 다른 채소와 과일을 비롯해 색다른 재료들을 마주하자니, 새로운 곳에서의 설렘과 함께 매 끼니를 해 먹어야 하는 전쟁 같은 일상에 대한 걱정이 몰려오기 시작했다.

그날 먹을 빵이나 파스타 몇 가지와 채소, 과일들을 담고 곁들여 먹을 소스와 음료를 고르는 현지인의 소박한 장보기와 달리, 야심 찬 한국 아줌마로서 첫날부터 대형 카트를 당당히 뽑아 끌었지만, 기본적인 재료를 고르기부터 쉽지 않았다. 알 수 없는 언어로 쓰인 수십 가지 유제품과 빵 앞에서 매번 번역기를 돌려보고, 생소한 부위의 고기나 처음 보는 생선들을 마주하니 눈앞이 캄캄하다. 넘쳐나는 유럽 물품 사이에서 당당히 정착할 거란 바람이 보란듯이 무너지는 순간이다. 온 식구의 건강이 내 손에 달렸다는 중대한 사명감을 갖고, 이 나라에서 밥상을 잘

꾸려갈 수 있을지….

한편, 지극히 개인 중심적이고 자유를 존중하는 네덜란드 사회지만 마트에 들를 때마다 꽤 의아한 부분이 많았다. 프랑스와 벨기에가 차로 1~2시간 거리에 있는데 정작 프랑스산 치즈나 벨기에산 맥주를 마트에서 찾아보기 어려웠다. 한국에서는 클릭 하나로 맛볼 수 있는 유럽 상품을 오히려 현지에서 구하기 힘들 거라곤 생각도 하지 못했다. 네덜란드는 마트의 종류도 제한적이고 그 안에서 구매할 수 있는 제품도 대부분이 자국산으로 한정되어 있었다. 물론 네덜란드산 치즈와 하이네켄은 세계 최고라 할 만큼 너무나 맛있지만, 무엇이든 선택권이 많은 나라에 살다 온 나로서는 이런 점이 흡사 사회주의 국가를 떠올리게 했다.

기념일엔 모두가 하나뿐인 백화점으로 향했고 비슷한 메뉴를 먹으며 매년 뻔한 선물을 샀다. 사고 싶은 게 많아서 문제였던 한국과 달리, 마음먹고 쇼핑을 나가도 정말 사고 싶은 게 없어서 빈손으로 돌아오는 날이 꽤 많았다. 현지인들은 자국 산업을 장려하는 방향에 당연히 긍정적이었고 꼭 필요한 것들은 다 구매할 수 있으니 불만이 없다고 했다. 개인의 삶을 너무도 중요시하는 자들이 자국의 이익을 위해 선택의 자유를 포기해도 괜찮다니…. 나의 행복과 권리를 위해 당연하다고 여겼던 일들이 누군가에게 피해를 끼치지 않았는지 돌아보게 되는 순간이었다.

매번 장보기를 마치고 돌아오는 길은 머리 위로 쉴 새 없이 비행기가 오르내렸다. 공항을 오가는 비행기를 보고 있자니 문득 모든 비행기가 한국행 비행기 같다. 이곳에서 내 식구들 챙기며 그동안 우리를 이렇게 돌봐 왔을 부모님 생각에 눈가가 촉촉해지곤 했다. 그럴 때면 내 맘을 알아차린 신랑은 아무 말 없이 날 다독여 준다. 시간이 지나도 가족에 대한 그리움은 사라지지 않았고, 문득문득 눈물이 차오를 때면 자꾸 나약한 모습을 보여주는 것 같아 미안했지만 그럴 때마다 늘 내 편이 되어줬던 고마운 신랑…. 믿고 지지해 주는 가족들이 있기에 씩씩하게 잘 헤쳐나가리라 다짐했다.

시간이 지날수록 낯선 재료로도 그나마 익숙한 음식을 만들며 나만의 방식으로 식탁을 채워 갔다. 식사를 꾸려가는 과정에서 뭐든 감사하게 먹어주는 남편과 아이가 있었기에 그들의 얼굴을 생각하면 알 수 없는 사랑과 용기가 샘솟았다.

네덜란드 치즈와 자국 맥주인 하이네켄이 대부분을 차지한다.

주방에서 흐르는 풍요

한국에서는 잘 먹지 않던 과자도 몇 달만 타국에 있으면 그리운 맛으로 변한다. 이미 아는 맛인데도 불구하고 그 속에 담긴 추억이라는 강한 끌림에 두세 배 이상의 가격을 지불하듯 음식은 위대한 힘을 담고 있다. 짱구 과자 봉지를 보며 그 과자를 좋아하셨던 우리 아빠의 미소를 떠올리기도 하고, 어릴 적 가족과 함께 만들어 먹던 흔한 김밥도 여기선 이웃들과 나누며 추억을 회상하는 소중한 대상이 된다. 엄마가 자주 만들던 부침개도 엄마 재료만 따라 하면 과정이야 어떻든 어릴 적 그 맛이 입가에 맴돌아 하루 종일 기분이 좋아지고, 친구들과 즐겨 먹던 기억에 떡볶이를 만들면 오랜만에 그 친구들과 통화하며 나누는 안줏거리가 된다.

누구나 인생의 잔잔한 전쟁을 치르며 살아가듯 우리도 그 시기 한식 전쟁터에서 고군분투 중이었다. 한국처럼 하나의 마트에서 모든 걸 살 수 없었기에 매주 3, 4곳의 마트들을 탐색하며 열심히 달렸던 것 같다. 생선과 해산물은 A 마트가 유독 신선하고 종류도 다양했고, 익숙한 고기 부위를 찾기 위해 아프리카 마켓 B도 마다하지 않았으며 한식의 기본이 되는 아시아 마트

C, 가장 신선하고 현지스러운 재료를 구할 수 있는 D 마트를 도는 게 일상이었다.

정말 먹고살기 위해, 오직 건강하고 행복하기 위해 열심히 요리하고 또 준비하고를 반복했다. 누구나 직접 경험하기 전에는 낯선 것을 시도하기조차 부담을 느끼는데, 해외에서는 모든 걸 부딪쳐 시도하지 않으면 살 수 없다. 직접 부딪쳐 본 경험이 모여 여유가 생겨나는데, 그 사소한 여유들이 모이면 무엇이든 유연하게 넘어갈 수 있는 힘이 되었다.

매일 아침 도시락을 시작으로 점심엔 곧 돌아올 아이의 간식, 저녁엔 식사 재료 손질로 시간이 넉넉지 않다. 저녁 식사 후 뒷정리를 하면 8시가 넘는 일상. 간단한 밀키트도, 그 흔한 배달 음식도 허용되지 않던 나의 주방 일과였다. 끝없는 부엌데기 일이 벅차고 힘든 날도 많았지만 부딪쳐서 이뤄내고 얻어가며 온전히 가족을 위한, 가족의 건강을 위해 바쳤던 그 시간은 어느 노력보다도 가장 값졌다. 그 인내의 시간 덕분에 오히려 무슨 일이든 해낼 수 있겠다는 자신감을 얻기도 했다.

해외에서는 유독 음식이 주는 힘이 대단하다. 정성껏 만든 뜨끈한 국과 집 반찬을 나누는 순간 누군가에게는 추운 날씨에 잊지 못할 따스함으로 평생 기억됐고, 몸살로 아팠던 날에 지인이 투박하게 끓여 준 죽 한 냄비는 10알의 항생제보다도 강력했다. 흔한 한국 음식 하나도 외국 친구에겐 신기한 선물이 되고, 한국 친구에겐 그리운 내 나라의 기억이 되었다. 이렇게 콩알 한 쪽도 나누는 생활 속에서 자란 아이들은 자연스레 배려심이 넘치는 사람으로 성장했다. 한국과 달리 도시락은 엄마가 졸린 눈을 비비며 힘들게 준비한 음식이었기에 소박한 음식에도 매번 감사할 줄 알았다.

누군가를 진심으로 생각하며 이른 아침 힘들게 준비하는 식사에는 생각보다 많은 정성과 사랑이 들어간다. 먹는 사람이 좋아하는 음식을 고민하는 건 기본이고 상황에 따라 챙기는 스몰 간식과 거기에 직접 전하기 부끄럽지만 전하고 싶은 메모까지 늘 충만한 사랑이 고스란히 전달되었다. 가끔 남편과 아이가 잃어버린 도시락 통을 찾아다니는 일이 번잡스럽기도 했지만.

매일 주방에서 나보다 가족을 위해 힘썼던 그 시간이 진정한 희생이라는 가치를 깨닫는 수련과 명상의 시간으로 해외 생활의 버팀목이 되어주지 않았나 싶다. 음식으로 관계를 맺고 마음을 나눈 지인들도 평생 그 순간들을 떠올리며 살 테니 얼마나 값진 과정이었는지 모른다.

귀임 후 한국으로 돌아오고 시작된 팔꿈치 통증에 병원을 찾았다. 의사는 내게 직업이 운동선수이거나 요리사냐고 물었다. 둘 다 아니지만 요리사에 버금가게 살아왔던 지난 4년을 생각하니, 팔에 무리가 갈 만큼 얼마나 치열하게 살아왔는지 애쓴 내가 짠했다. 그곳에선 긴장하며 살았는지 맘 편히 아프지도 못했던 몸을 한국에서는 좀 쉬게 해주고 싶었다.

외국 생활에 요리는 필수이며 누구나 고국과 떨어져 살다 보면 요리 천재가 될 수 있다. 노력과 정성이 전부인 과정이다. 다양한 재료와 방식으로 매일 고민하고 요리하는 일이 누군가에게는 벅차게 느껴지기도 하겠지만, 감사하게도 나에게 요리는 창작의 놀이였고 사랑을 베푸는 수단이었으며 주변을 행복하고 풍요롭게 만드는 특별한 재능이었다.

조리대를 잠시 벗어나 햇살이 드리우는 내 주방을 바라보던 어느 날이 떠오른다. 주방에 놓인 그릇이며 도구 하나하나에 추억과 애정이 흠뻑 묻어 온전히 나를 담아낸 공간 같아 뭉클했던 그곳! 그곳이 네덜란드 생활에서 나를 가장 빛나게 하는 배경이 되어 주었다는 생각이 들었다.

신터클라스 vs 산타클로스

"엄마, 네덜란드는 산타 대신 신터클라스가 있대요."

11월 11일, 학교에서 돌아온 아이가 자그마한 종이 램프를 건네며 얘기한다. 오늘밤 저녁이 되면 동네 아이들이 직접 만든 램프를 들고 집집을 방문하며 노래를 불러 주는 날인데 그 보답으로 캔디나 간식을 주면 된다고…. 본인도 어설픈 더치어로 배운 노래를 흥얼거리며 신이 나 있다. 얼마 전에 지난 핼러윈도 아니고 이건 또 무슨 행사인지 도통 알 수 없는 나는 여느 때처럼 저녁 식사를 준비 중이었다. 띵동!

문이 열리자 램프를 든 아이들이 옹기종기 우리집 앞에 모여서 신터의 복을 담은 노래를 불러 준다. 램프를 든 아이들이 모여 순수한 목소리로 더치어로 노래를 부르는데 알아들을 순 없으나 그 모습이 어찌나 귀엽던지. 노래가 끝나자 아이들에게 간식거리를 주며 행운의 노래에 보답해야 한다는 아들의 등쌀에, 핼러윈에 받은 대량의 캔디를 부리나케 가져와 나눠 주었다. 그날 저녁 내내 끝없이 울려대는 초인종에 정신은 없었지만, 아기 천사들의 노래 덕분인지 어둡고 으스스한 겨울이 어느 때보다 따스했다.

네덜란드에는 두 번의 크리스마스가 있다. 12월 초에는 신터클라스, 12월 말에는 산타클로스가 찾아온다. 4세기 터키의 작은 항구 도시의 대주교였던 성 니콜라스Saint Nichoals는 선행을 많이 베푼 사람이었다. 니콜라스라는 이름은 네덜란드 애칭으로 신터클라스Sinter Class라고 불렸고, 네덜란드에서 신대륙으로 건너간 사람들이 그 전통을 전파하는 과정에서 발음이 바뀌어 지금의 산타클로스Santa Claus가 되었다고 한다. 결국 신터와 산타는 동일 인물이지만 네덜란드에서는 12월에 방문할 신터클라스 성인을 기리는 행사를 11월 11일에 미리 하는 것이다.

그래서 저녁이 되면 동네 아이들이 직접 만든 램프를 들고 집집마다 방문해 축복의 노래를 부른다. 11월의 유럽은 해가 굉장히 일찍 지기 때문에 오후 7시만 되어도 깜깜한 밤이 된다. 램프가 더욱 밝아 보이는 때다. 10월 말의 핼러윈과 11월 초 신터클라스 행사를 위해 이 시기에는 사탕과 초콜릿을 가득 준비해두는 게 좋다.

문 앞에 찾아와준 아기천사들의 합창

　매년 12월 5일, 신터클라스 이브에는 신터클라스가 말을 타고 네덜란드에 온다. 외형은 산타클로스와 비슷하지만, 빨간색 망토와 주교 모자를 쓰고 금색 주교 봉을 가지고 다니는 게 다른 특징이다. 스페인으로부터 배를 타고 네덜란드 내륙에 도착하면 여러 명의 신터클라스들이 나뉘어 각 도시를 방문한다. 산타클로스 옆에 엘프가 있다면 신터클라스에게는 블랙 피트가 있다. 검은색 얼굴에 광대 복장을 하고 신터클라스 옆에서 아이들에게 과자를 나눠주는 역할이다. 여러 신터클라스가 일정에 맞춰 지역을 방문하는 시기엔 말을 타고 학교, 병원, 쇼핑센터 등을 방문하기 때문에 운이 좋으면 동네 근처에서 신터클라스를 만날 수 있다.

　암스테르담 시내의 경우, 운하의 도시답게 배를 타고 등장하기도 한다. 신터클라스가 나눠주는 동그란 모양의 계피 과자와 이니셜 초콜릿은 이 시기에만 맛볼 수 있는 별미다. 우리나라의 계란 과자와 같은 식감이지만 먹는 순간 알싸한 계피 향이 입안에 퍼져 호불호가 있을 법도 한데, 신터클라스를 만난 기쁨 때문인지 아이들도 곧잘 먹는 모습이 참 신기했다.

매년 우리 아이는 백마를 타고 학교에 오는 신터클라스를 만났다. 해가 지날수록 시시해질 법도 했지만 매년 그날을 기다리고 행복해했다. 안개 속에서 말을 타고 오는 신터클라스를 멀리서만 바라보다가 운이 좋게 쇼핑몰에서 직접 만난 적도 있는데, 아이가 너무 긴장한 나머지 선뜻 다가가지 못했다. 그런 아이에게 다가와 과자를 주며 사진까지 찍어 준 신터클라스를 아이는 아주 오랫동안 잊지 못하고 고마워했다.

백마를 타고 학교에 방문한 신터클라스   신터클라스와 깜짝 만남

각종 이니셜 모양의 초콜릿과 계피 맛 과자

자연 치유를 믿나요?

우리나라 의료 시스템이 세계 최고 수준이라는 건 알았지만, 네덜란드도 선진국인데 병원 한 번 가기 이렇게 힘들 줄이야…. 네덜란드에는 동네마다 홈닥터가 있다. 1차 병원에서 홈닥터에게 상담을 받고 그의 승인이 있어야 비로소 상급병원의 진료를 볼 수 있다.

그런데 홈닥터를 통해 상담을 받아도 웬만한 질병은 자가 치유를 권하며 집으로 돌려보낸다. 배가 아파도, 몸살이 나도, 목이 아파도 일단 쉬라는 답이 돌아온다. 한국에서는 약을 먹고 3일이면 나을 증상이 여기서는 2주를 넘어가는데 그게 더 나은 치유법이란다. 이렇게 답답할 수가…. 무작정 쉬면 낫는다는 말만 되풀이하는 저 사람이 진짜 의사란 말이냐. 응급실을 연결해 달라고 하면 더 급한 사람들이 있어 이용할 수 없다고 한다. 우리는 급한데 의사가 보기엔 급하지 않은가 보다(물론 진짜 위급하다고 판단이 될 때는 바로 진료해 준다. 가령 숨을 쉬기 힘들다거나 출혈이 심할 때).

어쩔 수 없이 화를 삭이며 며칠 누워 있다 보면 정말 기적처럼 시간이 해결해 주는 신기한 경험을 하게 된다. 결국 아플 만큼 아프면 언젠간 치유의 시간이 온다는 자가 치유 방식인 거다. 가능은 하다지만 너무 힘들지 않은가. 게다가 전염병이 창궐하던 코로나 시국을 해외에서 보내다 보니 더욱 예민하고 걱정이 됐던 것 같다. 이때는 정말 하루빨리 한국으로 돌아가고 싶다는 생각이 간절했다.

해외 생활 중 가장 크게 아팠던 일이 있냐고 물으면 코로나에 걸렸던 때도 아니고, 교통사고가 났던 때도 아닌 사랑니를 발치했던 날을 꼽고 싶다. 한국으로 귀임을 준비하며 신경 쓸 일도 많고 면역이 많이 떨어졌던 차에 오래전부터 있긴 있었지만, 문제는 없던 사랑니가 아프기 시작했다. 하루이틀 견딜 새도 없이 주말 밤사이 극심한 통증으로 찾아간 사설 응급 치과!

그리고 발치 난투극이 벌어졌다. 꼼꼼히 엑스레이를 살피던 의사가 바로 발치를 이야기한다. 이 나라에서 이 정도 스피드면 정말 심각한 거다. 아픈 사랑니보다 뛰는 심장 박동에 숨이 가빠온다. 마취가 시작되고 긴장한 나에게 의사는 아프지 않게 잘해보겠다며, 아무 일 없이 끝낼 테니 너무 걱정하지 말라는 따뜻한 말을 건넨다.

드디어 수술이 시작되고 기분 나쁜 기계 소리와 함께 입안에 피가 고이는 느낌이 났다. 연신 힘을 주며 이를 빼는 듯한데 이건 발치를 하는 건지 내 입을 찢겠다는 건지 모를 지경이다. 입도 찢어지고 턱도 빠질 것 같은 고통을 힘겹게 참고 있는 그

때, 의사의 한숨 소리가 들린다. 그 순간 몰려오는 공포감은 정말…. 말하지 않아도 무언가 잘못되고 있다는 걸 알았다. 의사 두 명이 더 들어오자 내 손발은 얼음장같이 차가워졌고 두 눈을 질끈 감았다.

'하느님, 부처님, 엄마, 아빠 나 여기서 살아 나갈 수 있겠지?'

의사 세 명이 달라붙은 입에는 이젠 뭐 감각이라고는 없다. 잠시 후 들려오는 환호성.

"wij hebben het gedaan!"
"해냈다!"

정신이 반쯤 나간 나는 환호성 이후의 상황이 생각나지 않는다. 오직 기억나는 거라곤 옆에서 기다리던 신랑이 내 이빨을 보고 신기해하며 포장해 가겠다고 말하는 격앙된 목소리뿐…. 신랑의 기억으로는 나를 제외한 의사 셋과 신랑이 하이파이브를 외치는 축제 분위기였다고 했다. 골칫덩이를 해결한 성취감에 나 빼고 모두가 흡족했던 것 같다. 발치 이후에도 꼬박 2주간 항생제를 먹으며 어기적어기적 기어다녔다. (참고로 한국 귀국 후 병원에서 남은 사랑니 3개를 발치하는 데 걸린 시간은

단 20분이며, 아프지 않게 바로 일상생활을 시작할 수 있었다.)

항생제 한 알을 타려고 7시간을 기다리고, 도라지를 끓여 먹으며 버티던 감기, 아픈 사랑니를 부여잡고 잠 못 이루던 밤을 거쳐 자연스럽게 병원에 의지하지 않는 생활에 적응해 갔다. 음식과 영양제를 기본으로 운동을 하며 스스로 몸을 지키게 되었다. 좋은 공기와 낮은 스트레스 때문도 있겠지만 잔병치레가 눈에 띄게 줄었고 약에 의존하지 않을수록 삶의 질이 높아졌다. 자연 치유에 감동하고 그 가치를 누리게 되었지만, 한국으로 복귀 후 병원의 문턱 앞에 자가 치유를 지지하던 일상이 금세 무너졌다. 덕분에 병원을 가도 가도 아픈 데가 생기는 아이러니한 일상으로 돌아왔다. 그래도 가끔은 마법 같았던 그 시절을 떠올리곤 한다.

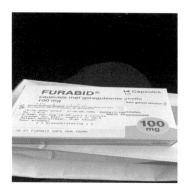

7시간 만에 받은 귀한 항생제 10알

CHAPTER 1

네덜란드가 가르쳐준 것들

그 흔한 CCTV도 필요하지 않아요

늦은 저녁, 마을을 운전하던 중 골목에서 튀어나오는 차와 충돌 사고가 났다. 낯선 땅에서 사고가 나면 이방인인 우리가 절대적으로 불리할 거란 생각에 매번 조심하고 마음을 졸였는데, 사고는 눈 깜짝할 사이에 예고 없이 일어났다.

중심 도로에서 직진하던 우리 차를 향해, 저 멀리 골목길에서 차 한 대가 나올 준비를 한다. 충분한 거리기도 했고 당연히 메인 도로에 있는 우리 차가 우선이었기에 나오지 않고 기다릴 줄 알았는데, 상대 차는 예상과 달리 우리가 달리던 도로로 진입했다. 방어 운전을 해야 했구나, 하는 찰나에 우리 차 뒤쪽과 상대 차 앞쪽이 충돌해 우리 차는 180도 회전하고 밀려나 멈춰 섰다. 충돌음과 충격으로 가득 찬 그 순간이 아직도 귀에 쟁쟁하다. 정신을 차리고 보니 반대 차선에 마주보게 놓여 있는 우리 차, CCTV나 블랙박스도 없이 이 문제를 어떻게 해결할지 걱정스러운 마음으로 차에서 내리는데 상대편 운전자가 100% 자기 잘못을 외치며 다가온다.

한국에선 어떤 사고도 100:0은 없다고 여기며 살았다. 차라리 방어 운전을 해야 한다고 배웠고, 그렇기에 서로 '내 잘못은 아니다'를 우기는 일이 더 자연스러웠다. 공정한 판단을 위한 블랙박스가 필수품이었다. 하지만 자신의 잘못을 먼저 외치며 다가오는 상대편 운전자, 그리고 소리를 듣고 하나둘 집밖으로 나와 자신이 목격한 상황을 공정하게 진술해 주겠다고 나서는 마을 사람들, 가던 길을 멈추고 찌그러진 우리 차로 다가와 도움이 필요한지 묻는 운전자들.

네덜란드에서는 그 흔한 CCTV와 블랙박스를 찾아보기 힘들다. 개인의 인권을 중요시하는 그들의 생각을 인정하지만, 국민 모두가 성숙한 시민의식을 갖고 정직하게 살아가지 않는다면 질서를 위해 CCTV가 불가피하다고 생각해 왔는데, 그날의 사고가 의구심을 깨끗이 잠재워 주었다. CCTV가 필요 없이 모든 게 이상적으로 흘러가는 놀라운 순간이다. 높은 수준의 시민의식을 가진 정직하고 공평한 네덜란드인들을 진짜로 만났던 의미 깊은 날이었다.

네덜란드는 칼뱅이 강조한 검소와 근면의 가치가 뿌리를 내리고 있다. 신의 절대적 권위를 강조하고 인간을 신의 영광을 위한 도구로 여기는 칼뱅주의 사상은 신의 영광을 위해 금욕적이고 청렴한 생활을 해야 하며 직업적 소명을 다해야 함을 강조했다. 그런 역사 속 최초의 칼뱅주의 국가로 독립하게 된 네덜란드는 현재도 검소와 근면의 가치가 깊이 자리하고 있다.

내가 경험한 네덜란드인들은 주어진 직업이 무엇이든 소명

감을 갖고 근면하게 살았으며, 부끄럼 없이 청렴한 삶을 살아가려 노력했다. 소소하지만 실용적인 옷차림을 하고, 큰 키에도 불구하고 작고 오래된 차를 타며, 차는 그저 이동 수단에 불과하다고 말한다. 동네를 걷다 보면 커튼도 치지 않은 집의 내부를 훤히 들여다볼 수 있었고, 안에 있는 사람들과 눈이 마주칠 때면 오히려 자연스레 눈인사를 보냈다. 쳐다보다 걸린 것 같은 기분에 나만 당황하기 일쑤였다. 왜 사생활이 다 노출되도록 사는 걸까 의아할 때도 많았지만, 누구에게든 부끄럼 없이 떳떳하게 사는 것이 그들의 신념이라는 걸 알았다.

덕분에 우리의 차 사고도 수월하게 해결되었고, CCTV나 블랙박스 없이도 안전할 수 있다는 믿음을 갖게 되었다. 쉽지 않은 경험이었지만 오히려 네덜란드를 더 깊이 이해하고 사랑하는 계기가 되었다.

충돌 사고로 뒷문이 찌그러졌다.
정비소에 실려간 우리 차.

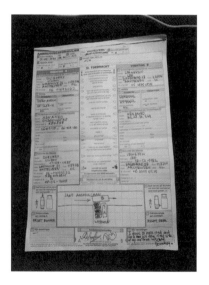

사고 시 합의 하에 상황을 작성하고,
이를 토대로 사고 처리가 진행된다.
결국 100:0 상대방 과실로
모든 문제가 해결되었다.

관대한 자유와 신성한 규율

대체로 친절하고 다정한 네덜란드지만 우리 같은 외국인들은 이 나라의 사소한 규칙을 잘 몰라, 본의 아니게 어기는 경우가 있다. 그 결과 큰 액수의 벌금을 내는 억울한 일이 종종 발생한다.

네덜란드에 도착한 지 일주일쯤 되었을 때 주차하는 법을 잘 알지 못해, 대시보드 앞에 파란색 주차 카드를 두지 않은 적이 있다. 주차 카드가 필요한지도 몰랐고 입국한 지 일주일밖에 되지 않았다고 항소했는데도 불구하고, 20만 원의 벌금과 함께 '이 기회에 규칙을 알게 되어 기쁘게 생각한다'는 시청의 답변을 받았다. 억울했지만 규칙을 어긴 강력한 대가 덕분에 오히려 현지생활에 빠르게 적응했다.

한 달에 한 번, 종이류를 수거하는 트럭이 동네를 방문하는 날, 파란 통에 넣어야 할 폐지들을 초록 통에 넣는 실수를 했다. 종이는 파란 통이라 일러주는 동네 사람들의 친절이 고마웠지만, 이미 폐지로 꽉 찬 초록 통을 파란 통으로 죄다 옮기는 일이 더 비효율적이라 생각해 그냥 놔둔 채로 시청의 폐지 수거 트럭을 기다렸는데 웬걸…. 파란 통들 사이에 껴 있는 초록 통이 폐지로 가득 차 있는 것을 눈으로 확인했음에도 트럭은 여지없이 우리집 초록 통을 지나쳐 갔다. 색이 다른 통에 채웠다는 이유로 한 달 동안 채운 폐지를 덩그러니 남겨둔 채로.

길가에 폐지 통을 세워 두면 정해진 날 수거해 간다.

네덜란드 사람들은 사생활의 영역에서는 개인이 무엇을 하든, 어떤 성향이든 절대적 자유를 누리며 누구도 문제 삼지 않지만, 사소하더라도 사회적으로 용인된 관례를 깨는 사람은 여지없이 문제 삼는다. 흔한 동네 운동 센터 탈의실에 남녀 혼욕탕이 있어도 이상하지 않았고, 아들의 친구가 게이 아빠 두 명을 교실로 초대해 친구들에게 소개해도 누구 하나 그 친구를 꺼

리지 않았다. 대낮부터 대마초의 쌉쌀한 냄새가 코끝을 찌르는, 관대하다 못해 극진보적인 듯한 이 나라에 의외의 모습이 숨어 있다.

지켜보는 이가 없어도 속도 제한과 신호등과 같은 사회적 약속은 무조건 지키며, 도로 위 자전거의 수신호가 법보다 중요하다. 경찰과 공권력은 두려운 대상이며 왕에 대한 모든 것을 존중한다. 사소할 수 있는 주차와 쓰레기 문제의 규율도 철저히 지키며 자잘한 규칙과 규정을 신성시한다. 관대함과 엄격함이 모순적으로 공존하는 묘하게 매력적인 곳이다.

검소한 Dutch(네덜란드 사람)를 표현하는 Dutch pay라는 말을 들어본 적이 있을 것이다. 네덜란드에서 식사를 하면 결제하는 식당마다 Separate(나눠 낼래)?라고 묻는다. 아무리 적은 금액이라도 정확하게 N등분을 해 계산기를 들이미는 문화가 참 신기했다. 한국이라면 나눠 내자고 하는 사람을 인색하게 바라볼 뿐만 아니라 번거로워서라도 누군가 한 번에 결제하고 나중에 따로 나누는 경우가 대부분이다. 서로 내겠다고 계산대 앞에서 몸싸움을 벌이는 우리와 달리 그곳에선 10명이면 10번 계산을 하는 게 당연한 분위기다. 진짜 Dutch pay의 나라에 들어와 있다는 걸 몸소 느낀 순간이었다.

베풂이란 정서에 높은 가치를 두는 한국인에겐 다소 인색하게 느껴지겠지만, 적어도 내가 만났던 네덜란드인들에게서 인색함을 느꼈던 적은 없는 것 같다. 본인과 상대 모두가 부담되지 않는 선을 충분히 생각해 최대한 공정하게 행동했기에 더치페이도 인색함이 아닌 공정하고 평등한 책임이었다.

네덜란드가 이토록 규율을 신성시하고 실리주의 정신이 지배적인 이유는 늘 홍수의 위협으로 자연과 싸우며 어렵게 만든 나라를 지켜야 했기 때문이다. 체면과 허례허식보단 준법적이고 실리적인 행동이 필요했고, 그 속에서 정직과 관용의 자세가 자연스레 자리를 잡은 것이다. 무엇을 하든 존중하고 인정되는 나라, 어디를 가든 항상 친절한 사람들, 정부의 제재 없이도 정직하고 차분한 사회, 네덜란드에 머무는 동안 이 나라의 묘한 매력에 빠져들지 않을 수 없었다.

우리 자신을 파괴할 권리

　얼마 전 70년을 함께한 전 네덜란드 총리 부부가 동반 안락사를 택했다는 기사를 보았다. 애정이 깊었던 동갑내기 부부가 고령이 되어 매우 아팠고, 결국 배우자 한 사람을 남기고 세상을 떠날 수 없겠다는 마음에 함께 안락사를 택했다는 것이다.

　안락사(安樂死)는 고통을 덜어주기 위해 의도적으로 생명을 종료하는 행위로, 역사적으로 다양한 문화와 사상에서 논의되어 왔다. 고대 그리스 로마 시대부터 지금까지도 윤리적, 법적 논쟁이 이어지고 있다. 환자의 고통과 존엄성을 강조하며 법적 규제를 통해 안전하게 안락사를 시행하자는 찬성 측과 생명의 가치, 윤리적 문제를 강조하며 종교적 신념을 추구하는 반대 측이 첨예하게 대립해 왔던 것이다.

　네덜란드는 2002년 세계 최초로 안락사를 합법화한 나라이다. 다만 환자가 견딜 수 없는 고통을 겪고 있고, 치료 가능성이 없으며, 오랫동안 죽음에 대한 의사를 밝혀 왔는지 등 6가지 엄격한 조건으로 전문가의 검토를 거쳐 안락사를 허용한다. 정부는 환자의 요청에 따라 생명을 종료하는 행위가 바람직한 고통 완화의 처치가 될 수 있다고 말한다. 전 세계 다양한 질병으로 고통받으며 원치 않는 삶을 이어가는 사람들에게 희망적인 이야기로 들릴 수도 있겠으나 과연 내가 그 입장이라면 어떤 삶을 택하는 게 옳은 일일까 의구심이 든다.

네덜란드 지인으로부터 실제 안락사 이야기를 들은 적이 있다. 남편의 사별로 힘든 나날을 보내셨던 시어머님이 암에 걸린 사실을 알게 되자 장성한 자식들에게 안락사 선택 의사를 밝히셨다고 한다. 부모로서 할 일을 다 마쳤고 여생에 미련 없이 남편 곁으로 편하게 가길 원하니, 저세상 가는 길 부디 예쁜 꽃과 함께 축복해 달라고….

자식으로서는 한시라도 더 함께 있기를 원했지만, 본인의 바람대로 안락사는 진행되었다고 했다. 화려한 꽃 장식 속에 bye! 한 마디만 남기고 숨을 거두는 건 찰나의 순간이었다고…. 웃으며 세상과 작별을 고하는 어머님의 마지막 모습과 달리 자식들에게는 너무 고통스러운 장면으로 남았다고 했다. 개인의 의사를 존중해 드렸으나 가족에게 상처를 남길 수밖에 없었던 제도를 과연 올바른 권리 행사 측면으로만 볼 수 있을까? 최근 우리나라에서도 안락사를 위해 해외로 떠나는 사람들이 늘어난다는 보도를 접했다. 우리 사회도 이제는 신중히 생각해 봐야 할 문제이다.

자기 삶에 대한 의견을 존중하는 게 당연한 일일 수도 있지만, 고통의 정도를 판단하는 일은 매우 어려워서 생명의 존립을 타인의 판단에 맡긴다는 점이 우려되기도 한다. 안락사는 개인의 선택, 사회의 윤리적 기준, 의료 체계의 역할 등이 얽혀 있는 복합적인 문제이다. 개인의 의사를 전적으로 인정해야 할지, 보편적 가치를 끝까지 지켜야 할지는 오랜 시간 고민해도 결정하기 어려운 문제다. 여전히 확신할 수 없지만 사랑하는 사람을 떠나보내는 일은 어떠한 방식으로든 어려울 듯하다.

네덜란드의 자유는 오렌지 맛

　왕의 생일인 4월 27일은 국가의 공휴일로 네덜란드 전역에 떠들썩한 축제가 열리는 행사 날이다. 모든 사람이 주황색 옷과 장신구를 걸치고 나와 곳곳에서 열리는 축제와 벼룩시장을 즐긴다. 일 년에 단 하루! 이날만큼은 정부가 세금을 부과하지 않아 거리에서 자유롭게 물건을 판매할 수 있어 모든 사람이 중고 물건을 가지고 거리로 쏟아져 나온다. 오렌지 빛깔로 뒤덮인 마을 곳곳에서 저렴한 가격에 좋은 물건들을 고르며 모두가 어우러져 왕의 날을 축하한다.

　왕의 날이 다가오면 네덜란드 전역의 상점들에서 주황색 장신구를 팔기 시작한다. 티셔츠, 모자, 액세서리 등등 네덜란드에서는 왕의 날을 비롯해 축제 날이나 중요한 스포츠 경기가 있는 날엔 여지없이 주황색 옷을 입는다. 우리가 말하지 않아도 약속한 듯 붉은색 옷을 입고 모이듯 그들은 오렌지 빛깔로 세상을 물들인다.

　특히 4월 27일은 왕의 생일인 만큼 가장 큰 오렌지 물결을 볼 수 있는 날인데, 거대한 벼룩시장이 메인 행사이다 보니 전날부터 다음 날 열릴 축제에 자리를 맡느라 온 동네가 떠들썩하다.

장터가 열리는 곳에 청색 테이프로 본인의 이름을 써 붙여 내일 있을 장터의 자리를 맡는다. 우리도 네덜란드에 머무는 동안 한두 번 장터에 참여했고 주된 판매 품목은 아이 용품이었다. 훌쩍 커 버린 아이가 쓰지 않는 장난감과 책, 다양한 학용품까지.

대부분 1, 2유로에 저렴하게 팔면서 즐기는 분위기고 아이들이 주체가 되어 본인들 물건을 판매했다. 한국산 팽이와 장난감에 우리 자리는 이미 네덜란드 꼬맹이들로 가득 찼다. 모두가 주황색 착장을 하고 기분 좋게 거래하는 재미에 아이는 점심 식사도 잊은 채 종일 즐거워했다. 열심히 판매한 돈으로 다른 형이 내놓은 책도 구입하고 음식을 파는 자리에서 간식도 사 먹으며 어우러져 노는 축제의 현장이었다.

네덜란드 하면 떠오르는 주황색은 어디서 오게 된 걸까? 네덜란드가 스페인의 지배를 받던 16세기, 독립운동가 오라녜 공작 빌럼 1세의 공으로 독립을 이루며 왕정 정치를 시작했다고 한다. 네덜란드인들은 종교 탄압과 학살에서 벗어나 독립을 이루게 해 준 오라녜 가문에 열광하기 시작

이 시기가 되면 상점엔 갖가지 주황색 장신구들이 즐비하다.

했고, 그 가문이 지금까지 왕위를 계승하고 있다. 오라녜는 영어로 오렌지를 뜻한다. 오라녜 가문, 즉 왕을 존경하는 의미로 국가의 중요한 날이면 오렌지색 옷과 장신구를 착용하게 되었다고.

독립운동의 가문이 대대손손 사랑받고 존경받는 모습을 보고 있자니 우리나라의 독립운동 후손들이 받는 대우가 너무 아쉽기만 했다. 우리에게도 삶의 현장 가까이에서 역사를 기억하고 기념하는 자리가 필요해 보인다.

즐거웠던 벼룩시장

3일 만에 유치원 프리패스

"이 아이는 더 이상 여기서 수업을 들을 수 없겠습니다."

0~19세까지 모든 학년이 다 있는 미국 학제 국제 학교는 8월에 새 학기가 시작되어 이듬해 6월에 한 학년이 끝난다. 그 당시 만 6세였던 우리 아이는 Kinder(유치부)로 입학하게 되었다. 새로운 학교에 대한 모든 게 낯설었기에 초반엔 정신없이 시간을 보냈다. 일파벳도 모르고 입학한 아이는 선생님의 질문에 긴장한 기색이 역력했지만 걱정보다 설렘의 미소로 화답하며 엄마를 안심시켰고, 그렇게 국제 학교생활이 시작되었다.

Kinder에 들어간 지 3일째 되던 날, 아이를 지켜본 교장 선생님 Susan에게 연락이 왔다. 아이가 곧바로 위 학년으로 가는 게 좋을 것 같다는 말이었다. 새 학년까지 한 달 반 남은 걸 고려하면 앞으로 1학년을 한 달 반 다니고 후년에 2학년으로 올라가는, 생각지 못한 전개였다. 아이가 알파벳도 모르고, 학교생활 전반의 경험이 전혀 없는 상태로 2학년이 된다면, 많은 부분이 어려워질 것 같다는 걱정스러운 마음을 전했으나 교장 선생님은 영어와 그 외의 것들은 아무 문제가 아니라고 답했다.

3일 동안 아이에게서 무엇을 발견한 걸까? 누구보다 감정선이 예민한 아이의 성향을 잘 알기에 작은 변화도 조심스러웠다. 그런데 퇴근한 신랑은 내심 아이가 대견한 눈치다. 이렇게 된 이상 학교와 아이를 믿고 가보자고 말이다. 그렇게 아이는 등교 3일 만에 Kinder를 지나쳐 G1(1학년)에서 본격적인 학교생활을 시작했다. 학년을 옮기는 과정에서 아이가 받을 스트레스를 최우선으로 고려해 모든 걸 준비해 주는 Susan과 학교의 절차들이 너무 인상적이었다. 같은 나라 친구가 있는 반에서 외롭지 않게 적응할 수 있도록 해 주었고, 말로 전하지 못하는 아이의 고충을 계속해서 살펴주었다. 초등학교 생활의 전반을 익히는 그 시간을 한 달밖에 보내지 못했지만, 학교 측의 조언대로 너무나도 잘 적응해 첫 학년을 잘 마무리할 수 있었다.

한국으로 돌아오고 1년 뒤, 네덜란드 국제 학교로부터 메일 하나를 받았다. Susan의 부고 소식이었다. 아이의 학교생활을 처음부터 끝까지 함께했던 교장 선생님은 아이들에겐 호랑이 같은 분이었지만, 학부모들에게는 호탕하고 유쾌한 여성이었다. 입학 첫해를 제외하고는 따로 독대할 일이 없었지만 4년 내내 학교에서 마주쳤던 기억과 목소리가 아직도 생생한데….

정확히 1년 전, 아이의 초등학교 졸업식 날 졸업을 축하하며 활짝 웃던 얼굴이 눈앞에 선한데 갑자기 부고 소식이라니. 메일 속 그녀의 사진을 보니 왈칵 눈물이 난다. 수년을 암과 싸우다 떠났다는 구절이 가슴에 박힌다. 일 년 전 그녀는 알고 있었겠다. 지금은 아이들의 이름을 한 명씩 호명하며 새로운 시작을 응원하고 있지만, 그 아이들의 미래는 지켜볼 수 없을 거라는 사실을.

삶이란 게 허무하고 숙연해지는 순간이다. 우리 아이의 이름을 크게 불러 주던 그 목소리가 한동안 떠나지 않을 것 같다. 그녀가 마지막까지 교장으로서 아이들의 앞날을 응원했듯 이젠 내가 그녀의 평온하고 안락한 영원을 빌어주려 한다.

숙제도 시험도 없는 곳

아이가 학교에 가기를 즐거워하는 걸 보니 적응도 잘했다 싶고, 큰 시름을 덜었단 생각에 가벼운 마음으로 지내던 어느 날. 하교 시간에 맞춰 교실 밖에서 무심코 들여다본 아이의 모습이 아직도 생생하다. 언어 표현이 원활하지 않으니 온몸을 써가며 친구에게 의미를 전달하던 아이는 엄마인 나조차도 난생처음 보는 표정들을 지어가며 손짓과 발짓으로 고군분투하고 있었다. 한국에서는 할 말이 많아 항상 조잘조잘 떠들고 친구들과 어울려 놀기를 즐기는 활발한 아이였는데, 말 한마디 못 하는 낯선 환경에서 애쓰고 있는 아이를 보고 있자니 순간 울컥한 감정이 올라왔다.

성인인 엄마도 아빠도 새로운 환경에 적응하느라 힘든데, 아무것도 모르는 너는 네 앞에 펼쳐진 낯설고 거대한 상황이 얼마나 힘들었을까…. 너도 너의 자리에서 나름 고군분투하고 있었구나! 하고 싶은 말도, 전하고 싶은 마음도 얼마나 클지 잘 알기에.

다시 생각하는 지금도 눈물이 핑 도는 걸 보면 엄마인 나는 아마 그날 아이의 모습을 평생 잊지 못할 것 같다. 아이가 온전히 견뎌 내야 하는 시간이었기에 멀리서 응원을 보낼 뿐이다. 이런 나의 마음을 아는지 모르는지 창밖의 나를 발견한 아이가 함박웃음을 짓는다.

'그래…. 지금 이 순간은 내가 너의 전부겠구나. 두 팔 벌려 그 어느 때보다 든든한 지원군이 되어 따뜻하게 안아줘야지. 부족한 엄마지만 엄마 품에서 힘을 얻어 멋지게 다시 나아가 보자, 아들아.'

애틋하고 안쓰러웠던 시간이 헛되지 않게 아이는 차분히 낯선 생활을 견뎌 내고 있었다. 그 후로도 한동안 아이는 한국의 친구들과 가족들을 그리워했지만, 운동을 좋아하는 활발한 성격 덕분에 외국 친구들도 금방 사귀고 빠르게 적응해 나갔다. 삐뚤빼뚤 영어로 본인 이름을 겨우 그리는 수준에서 점점 제대로 쓸 수 있게 되었고, 급식 메뉴가 낯설어 잘 먹지 않던 아이가 친구들과 어울려 샌드위치와 파스타를 먹는 점심시간을 즐기기 시작했다.

하교 후 친구들과 더 놀고 싶지만, 말이 통하지 않아 속상할 때면 아이가 좋아하는 여러 가지 운동 수업으로 갈증을 달래며 다채로운 경험으로 세상에 대한 갈망을 채워주려 노력했다. 건강한 신체에 건강한 정신이 깃든다고 하지 않았던가. 운동이 주는 위대한 에너지를 나도 잘 안다. 어떤 어려움도 운동으로 몸의 긴장을 풀고 보면 별일이 아니게 된다는 사실을.

그해 여름, 환상 같은 유럽 날씨에 아이는 매일매일을 달렸던 것 같다. 운동 덕분에 친구들도 많아지고 축구, 수영, 테니스,

골프까지…. 종일 땀과 긴장을 쫙 빼낸 아이는 키도 부쩍 크고 잠도 아주 잘 자면서 건강하고 담백한 어린이로 자라나고 있었다. 하나둘 빠져가던 아이의 유치처럼 우리도 불필요한 것들은 버리고 온전히 새로운 자극들로 생활을 풍요롭게 채워 나갔다.

국제 학교에서 진행되는 수업들은 저학년이라도 꽤 심도 있는 내용이었다. 한 가지 주제에 대해 아이들의 궁금증을 자극하고 문제 해결까지 일련의 과정을 거쳐 오랜 시간 스스로 탐구하고 결론을 도출하게 했다. 학년에 맞는 주제가 주어지면 여러 과목의 선을 넘나들며 넓고 깊게 탐구하고 배워 나갔다. 어린 아이라고만 생각했는데 주체적으로 공부하며 몰입하는 모습을 볼 때면 이런 교육의 힘이 놀라웠다.

한 가지 기억에 남는 프로젝트가 있다. 경제에 관해 배우는 학기 프로젝트였는데 본인들이 팔 수 있는 아이템을 선정하고, 필요한 기술력, 노동력, 원가까지 다양한 아이디어를 얻기 위해 실제 마켓으로 나가 판매자와 인터뷰도 마다하지 않고 관련 지식을 수집했다. 그 속에서 적절한 가격 책정과 상품 기획 및 홍보까지 직접 해내야 했다. 어린아이들이 직접 홍보지를 만들고 마지막 판매까지 3개월에 걸친 프로젝트를 진행하며 경제관념을 넘어 어디서도 배울 수 없는 정보를 몸소 체득하는 기회가 되었던 것이다.

어떤 강요도, 억압도 없이 스스로 즐기며 학습하는 시간이 쌓

일수록 학교는 자연스럽게 즐거운 놀이터가 되었다. 숙제도 없고 시험도 없었지만, 학교에서만큼은 공부에 흠뻑 빠지는 모습을 봤다. 그래서인지 학교를 가는 게 늘 즐거워 보였다. 일주일에 한 번씩 주어지던 늦은 등교 시간도 우리에겐 힐링의 시간이었고, 두 달에 한 번씩 주어지는 방학엔 모두가 여행으로 더 값진 삶의 지혜들을 쌓아 나갔다. 오후 3시가 되면 학생이나 회사원 할 것 없이 모두가 일을 마치고 집으로 향한다. 자연스레 시간적, 심적 여유가 사회 곳곳에 흘러넘쳤다.

줄곧 성장과 자기 계발이라는 흐름 속에 살아왔던 우리 부부와 달리 아이는 여유의 파도를 넘나드는 게 익숙해 보였다. 일은 일, 휴식은 휴식으로 구분하는 네덜란드의 철학을 보며 우리도 진정한 인생의 즐거움을 만끽하려 노력했다. 아이만큼은 이러한 철학이 몸에 밴 사람으로 자랄 수 있다는 게 더없이 감사했다.

단순하고 촌스러운 행복

"그 흔한 전자 도어락도 사용하지 않아요. 그냥 열쇠면 충분해요."

"물건을 구매할 때 쿠폰과 할인 카드 같은 건 필요 없어요. 그러나 누구에게나 할인은 공평하고 확실하게 해요."

"연예인 이야기는 관심 없어요. 나에게만 집중하고 살기에도 너무 짧은 시간이라서요."

모두가 잠든 새벽 시간, 등골이 오싹할 만큼 추운 계단을 내려와 졸린 눈을 비비며 식구들의 도시락을 준비한다. 힘든 일이지만 싹싹 비울 도시락을 생각하며 버텨냈던 하루하루. 남편과 아이를 회사와 학교에 데려다주고 집으로 돌아온 나는 집 안 구석구석을 새로운 공기로 채우기 시작한다. 티도 안 나는 집안일이지만 늘 깨끗한 집을 위해 애써 온 10년 차 주부에게는 내 몸을 단장하듯 당연하고 자연스러운 일이다. 식구들이 각자의 위치에서 일하고, 공부하고 있을 때 가져보는 혼자만의 시간도 잠시. 곧바로 준비해야 하는 간식 시간과 저녁 식사. 모두가 집으로 돌아와 식사를 마치고 동네를 한 바퀴 돌면 다음 날 도시락 재료 준비를 해놓고 잠드는 매일이 쳇바퀴 같았다.

어찌 보면 한국보다 5배는 단순하지만 5배는 할일이 많아 바쁜 일상이다. 만나야 할 가족도 없고, 참여해야 할 행사도 없으며, 꼭 챙겨야 하는 경조사도 없고, 남들이 이렇다 할 유행이란 소식도 접한 지 오래다. 갈 만한 쇼핑센터도 한정되어 있고, 장보러 다니는 마트도 매번 뻔하다. 이렇게 늘 똑같고 단순한 일상이 지루할 듯한데 또 희한하게 묘한 안정감이 든다.

할인 정보를 알아보고, 결제 수단과 방법에 따라 같은 상품도 모두 다른 가격에 구매하는 한국과 달리, 여기서는 긴장을 늦추고 살아도 손해 볼 일이 없다. 유행하는 신상품이 나왔다고 사재기하는 사람도 없고, 꼭 사야 한다는 욕심에 오픈런할 필요도 이유도 없는 일상. 아무것도 하지 않아도 뒤처지지 않는 생활 속도에 우리의 마음은 여유와 안정감으로 가득해졌다. 진부하고 단순하지만 평등하고 안정된 일상이 주는 평온함에 매료되었다.

"아, 이런 삶 진짜 좋다….."

별다른 걱정도, 조바심도 없는 이 단조로운 생활이 너무나 좋다. 심지어 나는 MBTI 중에서도 극 E 성향으로 집에만 있으면 심심하고 불안한 타입인데도 말이다. 해외 생활을 거듭할수록 사진 속 우리의 모습은 어쩐지 촌스러워졌지만, 그 어느 때보다 행복한 마음이 얼굴에 묻어났다.

한국에서는 크면 클수록 좋다는 냉장고와 세탁기는 또 얼마나 작은 걸 사용하는지…. 300L 냉장고와 7kg 용량의 세탁기를 발견하고 너무 놀랐다. 작은 냉장고 때문에 조금씩 자주 마트에 들러야 했고, 작은 세탁기로는 한국에서 가져온 이불을 빨 수 없었다. 뭐든 크고 화려한 디자인을 중시하고 살았던 한국과는 달리 단순하고 최소한으로 갖춰진 생활이 처음엔 불편했지만 시간이 지날수록 비워내는 삶이 선물하는 여유를 조금씩 느낄 수 있었다.

작은 냉장고 때문에 무리해서 음식을 사지 않자 자연스레 불필요한 소비가 줄었고, 신선한 음식을 그때그때 먹을 수 있었으며, 버려지는 음식물에 대한 죄책감도 사라졌다. 세탁의 경우 좋은 이불보다 세탁하기 편한 이불, 관리가 힘든 고급 의류보다 저렴하고 편한 옷들이 하나둘씩 채워졌다. 남을 의식할 필요도, 소유욕을 가질 필요도 없다 보니 자연스레 우리 자신을 돌아보는 여유가 생겼다.

기본직으로 집에 실시되어 있는
매우 작은 냉장고

네덜란드에서는 가족과 함께 일상을 누리는 행복이 당연했다. 복잡할 필요도 없이 평범하고 단순하고 건강한 삶이 행복임을 분명히 알게 됐다. 4년 반이란 시간은 평범하고 단순한 일상의 가치를 깨닫는 감사한 날들의 연속이었다. 여행보다는 계속 살고 싶었던 나라, 그 모든 시간을 선물해 준 곳, 네덜란드가 오늘따라 무척이나 그립다.

CHAPTER 2

내가 사랑한 네덜란드

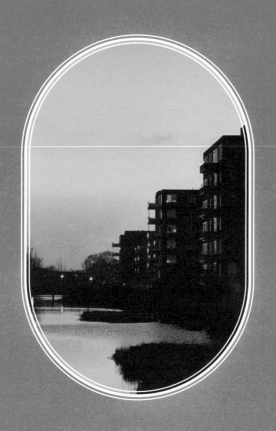

집 앞은 언제나 맑음

북유럽에 있는 네덜란드는 4~8월을 제외하고는 대부분 흐리고 비가 오며, 습한 날씨가 지속된다. 한국 기온과 같이 겨울에 영하로 떨어지거나 여름에 30도를 넘는 경우는 거의 없어 연중 온화하지만, 하루에도 몇 번씩 바뀌는 변덕스러운 날씨 탓에 사람들은 여름에도 추운 날은 패딩을 입고, 가을에도 더운 날엔 반소매를 입는 등 그날그날 날씨에 따라 옷을 입는다. 저녁 10시까지 해가 지지 않는 환상적인 여름 날씨부터 습하고 거센 바람 탓에 뼛속까지 시린 가을, 겨울까지 모든 게 네덜란드의 모습이었다.

2020년 팬데믹이 시작되었을 때 우리는 네덜란드에 있었다. 해외에 있다 보니 조금 더 특별한 상황이었다. 아시아에서 시작된 전염병이란 사실 때문에 우리 가족에게도 원망의 불똥이 튀지 않을까? 노심초사했다. 전 세계가 코로나로 불안에 떠는 와중에 원인 제공자라는 오해까지 얻을 뻔했다. 타국 생활에 적응하기도 전에 맞이한 팬데믹은 코로나에 걸리면 한국처럼 모든 동선이 공유되지 않을지, 위급해지면 병원과 회사에서 우리를 도와주긴 할지. 온갖 고민이 가득한 날들이었다.

사회적 거리 두기로 네덜란드 역시 1년 정도를 재택근무로 대체했다. 개인의 동선을 파악하며 움직이지 못하게 하고, 마스크를 쓰지 않으면 비난하던 한국의 모습과 달리 네덜란드에서는 마스크와 백신을 의무화하지 않았고 재택을 시작한 네덜란드 사람들은 오히려 휴가를 얻은 양 평안해 보였다. 유럽 전역에서도 많은 사망자 수로 일상이 마비되었고 위급한 순간도 분명히 있었지만, 우려했던 것과는 달리 높은 시민의식으로 비교적 편안하게 이 시기를 지나갈 수 있었다.

그들은 모두에게 낯선 상황에서도 크게 당황하지 않았고 질병과의 싸움이 끝나기를 차분히 기다렸다. 누구도 탓하지 않고 시시각각 변하는 국가의 지침을 한마음 한뜻으로 철저하게 따랐다. 정답을 알 수 없는 상황에서 잘잘못을 따지기보다 한 방향으로 나아갔기에 이웃은 나에게 병을 옮기는 적이 아니요, 나와 함께 병을 물리칠 동지였던 거다.

이웃집 사람들은 집집마다 정원에서 뭘 그렇게 손보는지 집안일로 분주해 보였고, 갑자기 주어진 휴가를 담담히 즐기는 듯 보였다. 비상시국에서도 담장 너머로부터 노랫소리가 들려오고, 정원에서 햇볕을 쬐는 옆집 남자와 눈이 마주칠 때면 손을 들어 미소를 보내던 그들. 여유가 넘치고 긍정적인 그들이 곁에 있었기에 마음 졸이던 우리도 한결 차분해졌다. 전 세계 비상시국 속에서도 인류애가 이런 식으로 존재한다면 무엇이든 극복해 나갈 수 있겠다는 믿음과 함께.

창고 지붕을 고치는 옆집 남자,
마당에 텐트를 설치한 우리집 남자.

학교도 못 가고 친구들도 못 만나 슬픈 아이의 숨통을 틔우고
자 우리는 앞마당에 텐트를 설치했다. 신이 난 아이의 모습을
보며 작은 일에도 감사와 행복을 느낄 수 있음을 깨달았고, 그
걸 깨닫게 해 준 이 시간에 감사했다. 저녁 시간 산책길에 만난
사람들은 가까이 다가가진 못하지만 멀리서라도 손을 흔들며
환하게 인사를 건넸고, 그 자그마한 호의에 무척이나 위안을 얻

었다. 큰 의미 없이 건네는 안부 인사들이 우리에게 보내는 긍정적인 시그널로 느껴져 팬데믹 상황들을 버틸 수 있는 힘이 된 것이다.

답답함을 해소하고자 마당에 설치한 텐트는 학교에 갈 수 없던 아이도, 계속 집에 갇혀 집안일만 했던 나도, 재택근무에 지친 신랑도 수시로 숨통을 틔우는 소중한 공간이었다. 마당에 분필로 그림을 그려 아이와 땅따먹기도 하고, 저녁엔 모닥불에 소시지를 구우며 도란도란 얘기를 나눴으며, 낮잠과 점심은 꼭 텐트에서 해결했다. 텐트에 누워 푸른 하늘을 보면 매일이 동화 속에 들어온 듯했다. 새소리와 상큼한 공기가 버무려진 그곳은 코로나로 시간이 멈춘 전쟁터라 하기엔 너무 아름다웠다. 그 시절 우리에게 주어진 텐트와 마당이라는 환경에 감사하지 않을 이유가 없었다.

자유가 빼앗긴 이 마당에도 친구들과 함께할 수 있는 따뜻한 봄이 속히 오기를 기다리며…. 언제 상황이 나아질지 알 수 없어 막막하기도 했지만 별 탈 없이 지나가는 하루하루를 그저 감사하게 생각하며 버틴 것 같다. 화려한 유럽의 모습은 아니었지만 진짜 유럽다운 조용하고 여유로운 삶을 맛볼 기회기도 했다. 모든 게 멈춘 일상이었지만 자연의 아름다움은 멈출 줄 몰랐고, 밤마다 피우던 장작 앞에서 나눴던 수많은 이야기와 웃음도 끊이지 않았다. 어쩌면 가장 고단했던 시간을 값지고 소중한 대화의 장으로 채워 나갔다.

고요했던 코로나 시기의 저녁 산책길

앞마당에서 피우던 장작불

앞마당에서 자라는 깻잎

　나른한 주말, 신랑이 집 근처 정원용품점에 가 보자고 한다. 정원을 갖춘 집에 이사 온 지 3년. 그동안 정원은 바비큐를 즐기는 곳일 뿐, 뭔가를 심고 기르는 일에는 소질이 없었기에 텃밭 일은 생각도 하지 않았다. 집 근처에 대규모 정원용품점이 여럿 있었지만, 관심이 없다 보니 3년 만에 처음 방문한 것이다. 각종 꽃이며 식용 작물을 비롯해 정원에 필요한 수천 가지 용품이 빼곡히 들어찬 상점은 신세계였다. 귀임 1년 앞두고 무슨 정원에 식물이냐며 오는 내내 투덜댔는데 여기 들어온 이상 빈손으로 나갈 자신이 없어졌다.

　가장 만만하게 눈에 들어오는 건 상추, 고추 모종 같은 식용 작물이었다. 대부분이 1유로대의 저렴한 가격에, 씨앗도 아니고 모종이다 보니 제대로만 심으면 기르는 데 어려움도 없어 보였다. 텃밭 초보를 위한 아이템들이 하나둘 카트에 채워졌다. 상추와 고추, 파프리카, 토마토처럼 친숙하면서도 재배 난이도가 낮은 녀석들을 담는 건 좋았으나 1유로대의 그들을 길러내기 위해 100유로 가까운 부속품을 사야 할 줄은 몰랐다. 배보다 배꼽이 더 커지는 상황을 모른 채 초보 농부의 첫 날갯짓이 시작되었다.

벌레를 피하기 위한 상추 통부터 각종 재배 도구들, 무엇보다 작은 마당을 채우는 데 비료가 10포대나 필요했다. 점원의 추천으로 구입하면서도 기존 흙이 있는데 비료를 이렇게나 많이 구입해야 하는지 의아했지만, 흙조차도 모르는 생초보이니 이럴 땐 전문가의 말대로 하는 게 진리다. 무슨 취미든 배우고 누리는 데 대가를 지불해야 하는 법이니까.

무심코 나간 나들이 덕분에 우리 정원 말년 병장이 천지개벽하고 있었다. 각종 식용 모종들이 하나하나 자리잡기 시작했다. 무엇보다 알록달록한 파프리카와 토마토에 매료된 아이는 본인이 나서서 수확까지 해보겠노라 호들갑이고, 상추 뜯어 먹을 생각에 바비큐를 준비하겠다는 신랑까지…. 우리는 왜 항상 일을 벌이는 것일까, 잠시 고민했으나 건전한 취미 생활에 온 가족이 함께하는 이 시간이 분명 언젠가는 그리워질 것 같았다. 정원의 토양색이 비료 색과 너무 다른 걸 보니 점원의 조언대로 비료가 많이 필요했던 게 틀림없다. 그날 우리는 그동안 우리 정원에 잡초만 무성했던 이유를 알게 되었고, 쏟아부은 비료만큼이나 퍼져나가는 구수한 비료 냄새 덕에 온 동네에 화끈한 농사 신고식을 치렀다.

"바비큐 하면서 옆에서 상추 뜯어 먹는 게 로망이었지."라며 노래 부르던 신랑은 상추 덕분에 불 피우기 장인이 되어갔다. 작물을 심은 뒤로 식구들은 외출 후 집에 돌아오면 정원으로 향했다. 남편도 퇴근하자마자 옷도 안 갈아입고 정원을 돌보곤 했다. 방학을 맞은 아이는 정원에서 채소 수확도 하고, 물도 주고, 잡초도 뽑으며 공부를 대신할 기가 막힌 핑곗거리를 찾아 자연이 꽃 피우는 소소한 놀이터에서 오랜 시간을 보냈다. 집에 돌보는 아기가 있듯 작물들을 돌보며 그 성장 과정을 매일 이야기했다.

무럭무럭 자라나는 작물들 보며 수확하는 재미도 있고, 많은 양을 키우지 않아도 급하게 마트로 뛰어갈 일 없이 원하는 만큼 수확해서 먹을 수 있으니 얼마나 편하고 좋은지. 종류별로 심은 쌈채소는 계속 자라났고 야들야들한 유기농 채소가 매일같이

식탁에 올라왔다.

모종 심기로 쏘아 올린 작은 불씨가 깻잎 농사로 옮겨붙기 시작했다. 지인에게 얻은 깻잎 씨앗을 젖은 휴지에 두고 며칠 싹을 틔운다. 초등학교 시절 샬레에서 씨앗의 싹을 틔우던 기억이 발동하는 순간이다. 엉킨 채로 겨우 싹튼 작은 깻잎 모종들을 숨죽여 하나하나 분리해 땅으로 옮겨 심었다. 작은 새싹이 비옥한 토양에서 단단히 뿌리내리길 온 식구가 응원하는 마음으로 옮겨 심었지만, 새싹들이 너무 작고 연약해서 금방이라도 죽어버릴 것만 같았다.

여름휴가를 가 있는 동안 비가 안 오면 어쩌지, 흙을 너무 두껍게 덮어서 못 올라오면 어쩌지? 길고양이가 즈려밟고 지나가면 어쩌지 등등 휴가 기간 내내 이 새싹들 생각에 맘 편히 즐기지 못했던 것 같다. 이래서 농부에게 휴가는 사치란 말이 있나 보다. 공들여 키워낸 새 생명들을 며칠의 휴가로 망칠 수는 없으니까….

휴가를 마치고 집에 들어서자마자 모두가 걱정스러운 마음으로 정원을 찾았다. 더운 날씨라 걱정했던 것과 달리 응원과 사랑을 듬뿍 받은 녀석들이 뿌리를 단단히 내리고 곧게 자라 있는 게 아닌가. 작고 가녀린 몸으로 새로운 땅에 자리를 잡은 녀석들이 어찌나 대견하던지…. 우리가 처음 이 땅에서 자리잡느라 고군분투했던 모습을 보는 것 같아 감격의 눈물이 나왔다.

훌쩍 자라준 깻잎과 부추

   이 귀한 깻잎을 타국에서 수확할 수 있다는 기대감에 들뜬 마음을 알았는지, 모종들이 무서운 속도로 자라나기 시작했다. 수확하는 속도보다 자라는 속도가 빨라 이틀에 한 번꼴로 온 동네 깻잎 잔치가 벌어졌다. 유럽에서는 구하기 어려운 깻잎이 내 앞마당 지천에 자라나니 마음이 어찌나 든든하던지. 한국에서는 널린 게 깻잎이라 조금만 시들해도 버리기 일쑤였는데, 없어 보니 그 진가를 알게 된다.

   코끝에 맴도는 진하디진한 깻잎의 향이 어찌나 그리운지, 그리고 그 깻잎 한 장이 음식에서 어떤 풍미를 자아내는지. 비옥한 토양에서 자라 더욱 향이 진한 깻잎을 수확해, 한국 지인들과 나누는 날에는 기뻐하는 그들로 하여금 나 역시 따뜻한 사람이 된 것 같아 흡족한 기분으로 돌아왔다. 그해 여름은 수확한 열매뿐만 아니라 함께 키운 것들을 나누는 재미 덕분에 더할 나위 없이 풍족한 날들이었다.

튤립 없이는 네덜란드도 없다

유년 시절 여자아이들이 꽃반지를 만들고 놀 때 난 남자아이들과 콩알탄을 던지고 놀았고, 연애 시절 받았던 꽃다발 선물에도 기뻐하지 않아 선물한 사람이 매번 속상해했던 기억이 난다. 여고, 여대를 거쳐 늘 여자들이 많은 환경이었음에도 불구하고 내 삶은 꽃과 거리가 멀었다. 그랬던 내가 어느 날 꽃의 나라에 살게 되고 꽃의 가치를 알게 되면서 관련된 자격증을 따기도 하고, 평생 꽃과 함께할 수 있는 일을 꿈꾸는 사람이 되었다. 지금 생각해 보면 어린 시절에는 꽃이 주는 아름다움을 맞이할 준비가 되지 않았던 것 같다.

아름답고 좋은 순간이 분명 근처에 있음에도 불구하고 몰랐기 때문에 떠나보낸 거다. 나이가 들어가며, 또 꽃의 나라에서 시간을 보내며 도처에 널린 아름다움을 감사한 마음으로 맞이하게 되었다. 흔하게 주어진다고, 공짜로 주어지는 순간이라도 결코 소박하지 않고 하나하나가 거대한 아름다움을 품고 있음을 이제 조금은 느낄 수 있다. 내가 그의 이름을 부르자 그가 내게로 와 꽃이 되었다는 한 시구처럼 말이다. 모든 건 내 안에, 내 마음에 답이 있었다. 오히려 나이가 들어 자연의 아름다움을

CHAPTER 3

온전히 느낄 수 있을 때 네덜란드를 만난 게 너무 감사한 일이었다.

네덜란드는 꽃이 일상이고 언제 어디서든 꽃과 함께 살아가는 나라이지만, 가장 큰 행사는 매년 3월에 열리는 세계 최대 꽃 축제, 쾨겐호프다. 전 세계 사람들에게 봄의 시작을 알리는 행사이다. 세계에서 찾아오는 관광객들과 꽃 구근을 찾는 구매자들로 인산인해를 이루는데, 축제 전시 디자인을 구상하는 것부터 7백만 개의 구근을 직접 심고 관리하는 것까지 전국의 재배 농가와 화훼업자들이 직접 참여해 준비한다. 3월부터 5월까지 두 달간 진행되는 축제 기간 중 개인적으로 가장 예쁜 개화 상태의 꽃을 만날 수 있는 건 4월이다. 3월엔 다소 추운 날씨 때문에 튤립들이 완연하게 제 빛을 내지 못하고, 5월엔 일찍 감치 시들어 군데군데 비어 있는 꽃밭이 많기 때문이다.

이 축제는 1949년 화훼 산업 종사자들에 의해 30만 제곱미터에 달하는 거대한 꽃 정원이 만들어진 이래로 연간 90만 명이 넘게 방문하는 큰 축제로 자리매김해 왔다. 일상에서

직접 뽑은 튤립은 포장해 가져간다.

시즌 마지막까지 본연의 색을
뽐내는 튤립들

도 꽃을 접하기 매우 쉬운 나라이지만 한 곳에서 800개가 넘는 종류의 튤립을 볼 수 있는 건 이 시기가 유일하다. 길게 늘어진 튤립밭 주변을 보트와 자전거로 돌아다니다 보면, 어디서도 볼 수 없는 형형색색의 튤립의 물결에 심취해 꽃가루 알레르기가 있다는 사실도 잊게 된다.

한번은 여행을 떠나는 비행기 안에서 축제를 내려다본 적이 있다. 항공뷰 튤립밭의 정갈하고 화려한 풍경을 잊을 수가 없다. 지구 어디에서 이런 광경을 볼 수 있을까? 오직 네덜란드에서 가능하다. 대부분 꽃 농장이 스히폴 국제 공항 근처에 위치해 있으므로, 이 시기 네덜란드에 방문한다면 물감으로 칠해놓은 캔버스 위를 나는 짜릿한 경험을 할 수 있을 것이다.

봄의 시작을 알리며 저마다 이쁜 색을 한껏 뽐냈던 튤립의 시기가 저물어 가고, 여름을 맞이하는 5월이 오면 튤립 농장으로 향한다. 한 해의 마지막 튤립과 작별 인사라도 하는 것처럼 남은 튤립 뽑기 행사를 하는 곳도 있고, 전시와 관광 위주의 공원을 조성해 마지막까지 관광객을 끌어들인다. 직접 튤립밭에 들어가 우리가 원하는 튤립을 뽑아 볼 수도 있고 다음 해에 심을 구근도 저렴하게 구매할 수 있다. 양파 같은 뿌리를 가진 튤립을 농장에서 뽑아와 뿌리째 물에 담그면 마트에서 산 꽃보다 훨씬 오랫동안 싱싱한 튤립을 감상할 수 있다. 봄의 시작부터 끝까지 튤립에 진심인 네덜란드. 봄 행사를 끝으로 농장들은 튤립밭을 갈아엎고 여름, 가을에 피는 꽃으로 갈아 심기를 반복하며 일 년 내내 꽃과 함께 어우러져 살아간다.

이제는 그늘에서 벗어날 때

최고 기온이 28도를 넘지 않고 산뜻한 바람이 불어오는 환상의 계절, 유럽의 여름이다. 매일 맑고 화창한 파란 하늘에 쨍한 뭉게구름이 더해져 사진을 찍는 족족 그림이고 작품이다. 북위에 위치한 네덜란드의 여름은 밤 10시까지 환하다. 연중 흐린 날씨가 지속되고 해가 귀한 북유럽 사람들은 5~8월 여름을 가장 기다린다. 충분한 일조량에 모두가 행복해지는 시기, 나무들이 가장 푸르고 풍성한 이 시기에 네덜란드 사람들은 거의 매일 숲으로 간다.

푸르른 나무들 사이로 쏟아지는 햇살을 받으며 달리기도 하고, 산책 나온 동물들에 둘러싸여 스스럼없이 놀다가 허기가 지면 여기저기 보이는 수제 팬케이크 가게에서 간단한 요기를 하며 시간을 보낸다. 숲속을 흐르는 운하가 나타나면 카누와 패들보드를 타며 유유자적 시간을 보내기도 하고, 어린아이들은 너나 할 것 없이 맨몸으로 운하에 뛰어들어 자연을 벗 삼아 태양을 받으며 온종일 논다.

여름이 시작되면 우리도 숲에서 놀아보겠다고 먹거리와 장비들을 잔뜩 챙겨 숲으로 향했다. 햇볕을 피해 그늘을 찾아 자

자연 놀이터에서 자유롭게 물놀이를 즐긴다.

리를 잡는 우리와는 달리, 거의 모든 사람이 햇볕 아래에서 일광욕을 즐긴다. 처음에는 그늘 쟁탈전이 일어나지 않아 좋다고 생각했는데 유럽에서 지내는 시간이 길어질수록 태양의 중요성을 자연스레 알게 되고, 우리도 그들처럼 해가 뜨는 날이면 귀한 햇볕을 쬐기 위해 무조건 외출했다.

유럽에서 지낼수록 해를 만나는 시간이 얼마나 귀중한지 깨닫게 되자 그동안 그늘에 앉아서 큰 챙 모자를 쓰고 선크림까지 챙겨 바르던 우리의 모습이 얼마나 이상해 보였을지 상상이 됐다. 태양, 그거 하나가 소중하고 감사한 일상이었다. 한국에서는 손에 묻은 모래도 성가셔하던 우리 아이가 어느샌가 더러워 보이는 운하 물에 풍덩 뛰어들어 자연과 어우러져 놀고 있었다.

나무 덩굴과 퇴적물들로 더러워 보이지만 자연의 원리대로 깨끗하게 정화된 천연 수영장에서 종일 놀다 보면 얼굴은 새까매져도 마음속 걱정과 근심들은 희미해져 갔다.

놀이 도구가 필요 없는 자연에 동화되는 시간

꼬리를 치며 패들보드의 탑승을 기다리던 보더콜리

모두에게 공평한 여름

푸르른 하늘을 이불 삼아 풀밭에 누워있다 보면 어린아이들부터 청년들까지 호수와 운하에 거리낌 없이 달려드는 모습을 보게 된다. 어쩌면 저렇게 하나같이 수영을 잘할까? 물이 깊어 보여도 아랑곳하지 않고 뛰어드는 그들을 보며 의문이 생길 때쯤 아이의 학교에서 날아온 수영 제도에 관한 공문이 눈에 들어왔다.

수백 개의 운하로 둘러싸여 있다 보니 물에서 일어나는 사고가 잦아, 물에서의 안전만큼은 국가가 책임지고 어린 나이부터 교육하는 제도가 있다. 학교에서는 만 4살부터 수영 수업을 시작해 어린 나이부터 물놀이 사고를 대비시킨다. 체계적 수영 교육인 디플로마* 제도에서 우리의 수영 교육과 다른 점이 많이 눈에 띈다.

일단 물안경, 수영 모자가 없는 상태에서 평상복과 신발을 착용하고 교육을 한다. 실전에 걸맞게 물속에서 눈뜨기를 비롯해 물에 서서 떠 있기, 누워서 뜨기, 부표를 이용해 떠 있기, 부표

---

* 국가가 제시한 수영 교육 과정을 이수하면 발급되는 증명서

를 활용해 건너가기, 옷을 입은 상태로 수영하기, 입은 옷을 활용해 부표 만들기 등등 실제 상황에 필요한 생존 수영을 익혀 나간다. 한국에서 꽤 오랜 시간 수업을 받고 간 우리 아이도 이곳에서는 물안경을 쓰지 않는 것부터 큰 도전이었다. 그동안 배워온 수영 교육이 얼마나 부질없는 형식적 교육이었던지….

호수나 강, 바다는 우리가 늘 훈련하는 수영장과는 전혀 다른 환경이다. 그러니 거기에 대비한 훈련을 하는 게 수영 교육의 본질이라는 것이다. 사교육이 거의 없는 이 나라에서도 수영 교육만큼은 꽤 진지하다. 나도 나름대로 수영을 오래 해 온 사람이지만 환경 가려가며, 장비 갖춰가며 배웠던지라 바다에서 자유롭게 수영하는 외국인들이 부러웠다. 어릴 때부터 받아왔던 이런 교육과 경험들이 훗날 현실적인 바다 수영을 가능케 했음을 알게 되었다.

아이들이 옷을 입고 수영 시험을 보고 있다.

수영 디플로마 자격은 국가에서 주최하는 시험을 통해 주어진다. 가장 기본인 A 단계를 따는데 일 년 정도의 시간이 걸리고, 단계별 미션들을 수행해 내면 그다음 단계로 나갈 수 있다. 누구나 기본적으로 A 과정까지는 이수해야 공공 수영장과 같은 시설을 자유롭게 이용할 수 있고 A, B, C 단계를 달성하고 나면 인명 구조나 스쿠버다이빙 같은 체계적이고 장기적인 과정도 선택해 배울 수 있다. 수영 교육비를 감당하기 힘든 경우 국가에서 전액 지원해 준다. 수영 교육만큼은 누구나 평등하게 누려야 한다는 국가의 취지가 매우 인상적이었다. 덕분에 네덜란드에 머무는 사람이라면 모두 공평한 여름을 맛볼 수 있다.

가을은 축제와 함께 찾아온다

늦여름이 되면 국화과의 달리아가 들판을 알록달록하게 물들이기 시작한다. 튤립이 채웠던 자리를 가을의 여왕 달리아가 대신한다. 농장에서는 원하는 달리아를 직접 뽑아 사 갈 수도 있고, 흐드러지게 핀 달리아밭에서 차와 디저트를 즐기고 사진을 찍으며 시간을 보낼 수도 있다.

달리아 농장에 들렀던 어느 날, 계산대 위에 놓인 전단을 보게 됐다. 네덜란드어는 까막눈이라 무슨 축제 안내지인 것 같은데 규모가 꽤나 커 보인다. 모를 땐 일단 찾아보는 게 상책이다. 적힌 링크로 들어가서 보니 작은 축제 같지가 않다. 주변에서도 들어본 적 없는 행사지만 홈페이지만 봐도 행사의 규모와 역사가 고스란히 느껴진다. 직접 겪기 전에 하는 생각은 다 부질없고 의미도 없다. 새로운 보물을 발견한 것처럼 단번에 축제 입장권을 결제했다.

여름이 끝나가는 9월 첫째 주, 암스테르담에서 출발해 차로 1시간 반 정도를 달려 네덜란드의 남쪽 작은 마을(Zundert)에 도착했다. 달리아를 소재로 한, 세계에서 가장 큰 달리아 퍼레이드 행사가 열리는 이곳은 벨기에와 국경을 맞댄 아주 작은 마을

인데 이 시기에만 전 세계에서 온 손님들로 인산인해를 이룬다. 막상 도착해서 보니 축제가 열리기는 할까 싶을 정도로 작고 조용했다. 도시 중앙부로 들어서자 갑자기 인파가 넘쳐난다. 조금 더 걷다 보니 퍼레이드 길이며 대기 중인 행렬의 왁자지껄한 소리가 우리를 감싸기 시작했다.

이 행사에는 약 800만 개의 달리아가 사용되며 그 중 약 600만 개의 달리아가 이 마을(Zundert)에서 재배된다고 한다. 관중을 뚫고 예매한 자리를 찾아 앉으니 그야말로 축제의 한가운데로 들어와 한껏 들뜬 기분이다. 맑은 가을 하늘 아래 어마어마한 규모의 행사를 기다리는데, 자세히는 몰라도 그 현장 분위기에 신랑도 아이도 너무나 흥분된 눈치다. 곧이어 음악이 울려 퍼지고 마을별로 갖가지 색의 달리아꽃으로 장식한 퍼레이드가 시작되었다.

정말 입이 떡 벌어진다. 저렇게 큰 규모를 달리아로 장식해 표현했다니 믿을 수가 없었다. 관객들은 사진도 찍고 환호를 지르며 예술 정신에 찬사를 보냈다. 20개의 작은 마을에서 준비한 꽃수레들이 행진하며 작품성과 심미성을 기준으로 평가를 받는데, 평범한 마을 사람들이 만들었다고 하기에는 규모나 완성도가 놀라울 정도로 예술적이었다. 일 년에 한 번 이 행사를 위해 각 마을에서 꽃수레를 준비하고 경연을 펼친다고 한다. 아무 생각 없이 갔던 우리는 새로운 작품들이 나올 때마다 입을 다물지 못하고 바라보았다.

퍼레이드에 등장한 달리아 꽃수레의 모습

최대 높이 9m, 길이 19m에 달하는 거대 규모의 수레는 3개월에 걸쳐 만들어지는데, 젊은이들이 뼈대를 완성하고 나면 노인들이 뼈대를 장식할 꽃들을 재배·수확한다. 거대한 꽃수레가 하나하나 채워지는 모든 과정이 전 세대가 자발적으로 참여하는 화합의 장인 셈이다. 이렇게 매년 행사를 통해 지역 사람들이 서로 협력하며 사회적 결속을 다져왔고, 대대손손 80년의 역사를 만들어 온 것이다.

　　모두가 대단한 예술 작품이었지만 경연이다 보니 심사 결과에 따라 1, 2, 3등이 정해지는데 마을별로 같은 색 단체 티를 나눠 입은 채 손을 모아 결과를 기다리는 모습에서 그들만의 진한 소속감을 느낄 수 있었다. 결과가 어떻든 올해도 온 마을과 세대가 함께 해냈음을 축하하는 화합의 장인 것이다. 달리아의 어마어마한 양과 조형물의 다채로운 예술성에 놀랐고, 그 속에 녹아든 공동체 의식에 넋을 놓고 보다 보니 일 년에 한 번 이 행사에 임하는 마을 사람들의 열정에 존경심이 느껴진다. 유네스코 무형 문화유산으로도 등재된, 작지만 위대한 이 마을에서 완연한 가을을 흠뻑 느낄 수 있었던 날. 정말 네덜란드에서도 색다른 경험이었다.

폭설이 오면 스케이트를 신을게요

　네덜란드를 빙상 강국으로 알고 있는 사람들이 많을 것이다. 그곳에서 몇 해를 지나다 보니 겨울에도 기온이 영하로 떨어지지 않는 나라가 어떻게 겨울 스포츠의 강국이 되었는지 의심이 들었다. 옆집 네덜란드 지인에게 물으니, 예전에는 겨울이 되면 마을들을 휘감아 흐르는 수천 개의 운하가 얼 정도로 추운 겨울이 많았고, 너 나 할 것 없이 스케이트를 들고나와 수 갈래로 언 운하를 달리며 노는 게 일상이었다고 한다. 우리의 한강도 예전엔 꽁꽁 얼어 그 위를 걸어서 건넜다는 할머니의 이야기처럼 그 시절 이곳에도 혹독한 겨울이 있었나 보다.

　네덜란드에서 두 번째 겨울을 맞이한 어느 날, 눈이 잘 내리지 않는 네덜란드에서 첫눈을 만났다. 그것도 30㎝ 가깝게 쌓인 폭설을 말이다. 언론에선 11년 만의 폭설과 눈보라라며 비상사태를 선포했고, 회사나 학교 할 것 없이 나라 전체가 멈춰 버렸다. 너무 놀라웠던 것은 한국 같았더라면 비상사태로 제설 작업을 하느라 바빴을 텐데, 네덜란드의 시민과 정부는 운하가 얼면 스케이트를 허용할 것이라며 24년 만에 열릴지도 모르는 운하 스케이팅 대회에 기대를 표하고 있었다. 신선한 충격이다.

자연재해로 여기고 살았던 폭설과 눈보라를 복구해야 할 문제가 아닌 자연의 선물로 받아들이는 태도에 걱정보다는 기대가 앞섰다.

"그래, 폭설과 눈보라 우리도 즐겨 보자!"

눈이 와서 신난 아이는 스키복으로 갈아입고 정원으로 뛰어나갔다. 온 세상에 하얀 눈이 무릎까지 쌓여 있었고 어른, 아이 할 것 없이 온 동네가 깔깔대며 눈놀이를 즐겼다. 눈 덮인 찻길을 굴러다니는 아이 옆으로 옆집 아이들이 썰매를 탄다. 집 앞을 쓸겠다고 빗자루를 들고 나간 신랑은 어느새 아이와 이글루를 만드느라 정신이 없다. 창밖에 펼쳐진 선물 같은 풍경을 바라보다 눈놀이 후에 먹는 어묵 국물의 추억이 떠올라 재빨리 어묵탕을 준비한다. 실컷 놀고 들어와서 행복해할 식구들의 모습을 떠올리니 자연스레 미소가 번졌다.

폭설이 내렸던 주엔 집 근처 운하들도 꽁꽁 얼었는데 동네 사람들은 약속이나 한 듯 모두 집에서 스케이트를 하나씩 둘러메고 천연 아이스 링크로 향했다. 마치 이 날을 기다렸다는 듯 하나같이 스케이트 선수처럼 꽁꽁 언 운하를 가로질렀다.

괜히 빙상 강국이 아니었어!

얼었던 운하는 그리 오래가지 못했다. 스케이트를 타는 즐거움도 잠시, 곳곳에서 해빙된 운하로 인한 사고 소식이 들렸다. 운하를 가로지르던 커플이 물속으로 빠지는가 하면 썰매를 타던 아이도 깨진 얼음 사이로 구출되고 있었다. 우리나라 같았으면 당장이라도 운하에 접근을 금지했을 텐데 네덜란드 정부는 주의만 줬을 뿐이고, 동네 사람들은 햇볕이 들지 않던 운하에서 마지막까지 스케이트를 즐겼다. 어차피 다들 수영을 잘해서 그랬을까? 아니면 언제 다시 얼지 모르는 천연 스케이트장의 폐장이 아쉬워서였을까?

이렇게 춥고 스펙터클한 겨울이면 네덜란드에서 즐겨 마시던 민트차가 생각난다. 우리가 생각하는 민트 티백이 담긴 차가 아니라 생 민트잎이 뜨거운 물에 그대로 제공되는 네덜란드식 차다.

처음 이 차를 마주했던 날 컵 가득히 욱여 있는 풀떼기가 매우 당혹스러우면서도 재밌었는데, 어둡고 으스스한 네덜란드의 겨울을 생 민트잎의 신선하고 진한 향과 몇 해 보내고 나니, 찬 바람이 불 때면 그 향긋한 민트 향이 아직도 코끝에 스치는 착각이 든다. 한 번 빠지면 못 헤어 나오는 생 민트차의 상큼함 때문에 아마 네덜란드 사람들은 평생 티백 차를 마시지 않을 것 같다. 스케이트와 민트차 한 잔이면 네덜란드의 길고 긴 겨울도 금세 지나가 버리니까.

산책하듯 여행하며 사는 법

일상 같은 여행, 여행 같은 일상

　보통 주재 생활 첫해는 가족이 적응하고 정착에 필요한 일들을 처리하느라 시간적으로, 정신적으로 여유가 없기 마련인데, 우린 낯선 세상에 버무려질 하루하루가 너무 기대됐기에 주말이면 무작정 집을 나섰다. 언제 또 주어질지 모르는 시간을 기다리기보다 그때그때 원하는 대로 움직이다 보니 4년간 18개국 100여 개의 도시를 여행할 수 있었다.

　네덜란드에서 시작해 가까운 독일, 프랑스, 벨기에와 같은 국가들은 여유가 없을 때도 수시로 방문했고, 봄맞이엔 프랑스 파리, 여름 휴양지는 이탈리아 사르데냐, 가을에 단풍이 아름다운 스위스, 겨울엔 오로라를 보기 위한 핀란드까지 상황이 될 때마다 닥치는 대로 계획을 짰다. 여행 중간에도 다음 여행지를 알아보고 있었으니 거의 중독자처럼 말이다. 한국에 있었더라면 방문하기 쉽지 않았을 북유럽과 아이슬란드에 이르기까지 결국 짧은 주재 기간 유럽 전 지역을 거의 다 가 볼 수 있었다.

　비용도 많이 들고 체력적으로도 힘든 게 여행이지만, 우리 인생의 수많은 물음표들을 느낌표와 쉼표로 바꿔주었던 이 값진 시간에 우리에게 정말 중요하고 지켜야 할 것들이 무엇인지를 늘 이야기했던 것 같다. 대화를 통해 우리 가족을 더욱 단단하게 만들어 주고 세상의 정답이 아닌 우리의 답을 찾아가던 시간이었다. 여행으로 어디까지 갈 수 있을까 싶었던 기대가 현실이 되고, 여행지마다 모은 기념 자석들처럼 우리 삶의 빛깔도 다채로워졌다. 비행은 제외하고 4년 동안 운전만 10만 킬로를 채웠으니…. 4만 장 정도 되는 사진을 볼 때면 8살이었던 아들의 앳된 모습이 유독 눈에 띈다. 그때 우리가 아이에게 바랐던 건 단 하나였다.

'우리가 함께 나눴던 모든 순간이 훗날 아이를 지탱하는 힘이 되어, 큰 세상 속에서 지금 느끼고 배운 삶의 잣대로 인생의 파도를 유연하게 헤엄칠 수 있기를.'

돌이켜 보면 새로운 곳에서 온 가족을 건사하는 여행이 고행이던 날들도 많았지만, 여행에서 중요한 건 목적지가 아니라 한 곳을 바라보는 마음에 있지 않았을까. 그 시기에 할 수 있는 최선을 다한 만큼 남은 후회도 없다.

여행지에서 하나둘 모아둔 자석 기념품들

맞다, 나 암스테르담이었지

해외 생활에 적응할수록 운하 위를 유유자적 떠다니던 오리만 봐도 신기해하던 감흥이 무뎌져 갔다. 바쁜 생활 속 내가 지금 한국에 사는 건지, 네덜란드에 와 있는 건지 헷갈릴 때면 주저 없이 암스테르담 시내로 향하곤 했다. 대중교통을 타고 20분 정도를 달리다 보면 유명한 관광지들이 눈앞에 보이기 시작하고, 비로소 '아, 내가 이렇게 아름다운 도시에 살고 있었지'란 생각에 기분이 좋아졌다. 오밀조밀한 집들 사이로 한가로이 흐르는 운하, 도심 한복판이지만 푸르른 나무들과 알록달록 꽃으로 잘 정돈된 도로들, 트램, 자전거, 자동차, 행인이 모두 한자리에 어우러져 달리는 길이 보이면 드디어 암스테르담 시내에 진입했음을 알 수 있었다.

전 세계 여행자들이 암스테르담으로 들어오는 관문과 같은 중앙역 밖으로 나오면 가장 먼저 눈에 띄는 것은 운하 위에 줄지어 떠 있는 투명 천장의 주황색 보트들이다. 암스테르담의 시내를 편하게 감상하는 방법인 운하 크루즈는 대표 운하들을 천천히 돌며 관광 명소들을 설명해 준다. 다양한 언어의 오디오 가이드가 준비되어 있고, 편하게 골목 사이사이를 돌아볼 수 있어서 지인들에게 꼭 추천하는 코스이다.

　한번은 비가 억수로 퍼붓던 날 운하 크루즈 보트에 탄 적이
있다. 머리 위 투명 창에 떨어지는 빗소리가 시원하게 들려와
신이 난 우리와 달리, 좁은 운하에서 방향 전환이 힘든 보트 운
전사는 길이 보이지 않아 식은땀을 흘리고 있었다. 좁은 운하를
여러 대의 보트가 사고 없이 통과하려면 일종의 신호가 필요한
데 갑작스러운 폭우에 마비되었던 것이다. 한바탕 내린 비가 잦
아들고 정상대로 운행을 시작하자 보트에 탄 모두가 박수와 환
호성을 질렀다. 한 배에 탄 동지가 되어 한마음으로….

걸어서 암스테르담을 느끼고 싶을 땐 1년 365일 봄인 곳! 외롭고 기분이 울적할 때면 암스테르담의 싱얼 꽃 시장으로 향한다. 꽃같이 밝은 미소의 상인들과 대화하는 것만으로도 힐링이었던 내 마음의 안식처였다. 꽃과 거리가 멀었던 나에게 자연의 아름다움을 선사해 주고, 여유라는 꽃을 피워준 그곳. 꽃을 사지 않아도 싱얼 시장이 보이는 바로 앞 커피숍에 앉아 수많은 관광객을 구경하던 날들도 참 낭만적이었다.

19세기 암스테르담 인근 화훼업자들이 배로 모종을 운반해 판매하던 것이 지금까지 이어져 내려온 유서 깊은 꽃 시장이다. 온갖 다채로운 튤립과 구근, 꽃씨와 관엽 식물에 이르기까지 다양한 식물을 살펴보고 구매할 수 있다. 암스테르담다운 기념품들을 구경하다 보면 금세 양손이 두둑해져 집으로 돌아오곤 했다.

따뜻한 햇볕에 반짝이는 운하를 따라 걷다 보면 중앙역과 멀지 않은 곳에 역사적인 장소가 있다. 세계 2차 대전 나치의 학살 정책을 피해 숨어 살았던 13살 소녀, 안네의 집이다. 자신의 일기가 전 세계 사람들에게 읽혀 이렇게 유명해질 거라고 상상이나 했을까? 어린 소녀의 순수하고 절박했던 기록은 전 세계인의 마음을 아프게 했고, 그 생생한 삶의 현장으로 들어가는 분위기는 엄숙했다. 암스테르담에 방문하는 관광객이라면 꼭 들르는 장소이기에 거주자인 나도 꽤 오래전부터 방문 예약을

해야 했고, 한국에서 지인들이 놀러 올 때면 꼭 함께 찾다 보니 여러 번 그곳을 다녀올 수 있었다. 가면 갈수록 참혹하고 비극적인 역사의 현장으로 향하는 발걸음이 무거워졌다.

안네의 집 안으로 들어서면 좁은 폭의 방과 계단이 보인다. 겉에서 보이는 건물이 아닌 안네의 가족들이 숨어 지냈던 공간으로 가는 길은 미로같이 복잡하기만 하다. 통로를 따라 걷다 보면 벽처럼 보이던 이동식 책장에 다다르고 이내 웅성거리던 관광객들이 숨을 죽인다. 책장 뒤로는 아주 좁디좁은 계단이 나타나는데 그 계단을 따라 올라가면 연결된 별채가 나타났다. 계단이 어찌나 가파르던지 줄지어가던 관광객들은 선뜻 올라가기를 주저하며 두 손을 이용해 조심조심 기어 올라가기 시작했다.

안네의 일기 속 공간이 나타나고 그 시절 식구들의 모습이 눈앞에 펼쳐지는 듯했다. 빛 한줄기, 소리 하나 새어나가지 않게 숨죽이며 살아가면서도, 금방 나가게 될 거라 굳게 믿었던 긍정적인 소녀의 명랑함이 벽의 낙서에도 나타나 있었다. 좁은 방들을 다닥다닥 붙어 관람하는 관광객의 조심스러운 움직임에도 삐걱대는 마룻바닥 소리가 구슬프게 울려왔다. 방에 걸린 안네의 사진은 어두운 별채를 환하게 밝혔다. 동화책으로 읽은 안네의 이야기를 현장에서 마주한 아들도 너무 마음 아파했으며, 그 현장에 모인 모두가 뼈아픈 역사를 되풀이하지 않겠다는 무언의 약속을 하게 되었다.

안네의 집에 걸린 안네의 초상화

감자튀김에 하이네켄은 못 참아

암스테르담 시내에서 인파를 따라 흘러가듯 남쪽으로 걷다 보면 만남의 장소이자 시내의 중심인 담 광장에 도착하게 된다. 광장 주변은 백화점, 유명 감자튀김 가게, 각종 쇼핑몰로 가득하기에 늘 관광객들로 붐볐다. 광장에 도착하면 중앙에 기존 시청 건물을 재활용한 왕궁이 있는데, 외관이 소박하여 왕궁 같은 화려함이 없다 보니 한참 후에야 그 건물이 왕궁이라는 사실을 알았다. 누구나 예약 없이 들를 수 있을 만큼 입장이 쉬운 왕궁이라니….

권위보다는 국민과의 소통을 중시하는 네덜란드 왕실은 상상했던 여느 유럽 왕궁과는 판이한 느낌이었다. 흡사 박물관을 연상케 하지만 현재도 국가적인 행사와 연회 자리로 사용하는 의미 있는 장소라는 건 틀림없었다. 안으로 들어서니 외관과 달리 내부는 그나마 왕궁답게 고급스러운 장식이 보였다. 얼마 전 우리나라 대통령이 네덜란드를 방문했을 당시 만찬 사진이 신문에 소개된 것을 본 적이 있는데, 내가 봤던 왕궁의 소박한 중앙 통로가 화려한 연회 자리로 탈바꿈한 모습에 깜짝 놀랄 수밖에 없었다.

크게 화려하지 않은 왕궁의 외관

암스테르담 왕궁 내부

다시 시내를 걷다 보면 고소한 냄새가 발길을 이끈다. 거의 매일 긴 줄이 늘어서 있는 네덜란드 넘버원 감자튀김의 냄새가 온 거리에 가득하다. 갓 튀긴 두툼한 감자 조각에 수십 개의 소스를 곁들인, 끝내주는 간식이다. 그 옛날 고흐가 감자 먹는 사람들을 그렸다면 지금은 그 자리에서 후손들이 감자튀김을 줄지어 먹고 있는 그림을 그릴 수도 있겠다. 네덜란드를 떠나면서 아쉬운 게 있었냐고 묻는다면 답은 하나다. 전 세계 어디서도 맛보기 힘든, 끝내주는 감자튀김을 놓치는 게 가장 아쉬웠다. 거기에 감칠맛이 가득한 신선한 마요네즈까지 곁들이면, 그 누가 감자튀김을 케첩이랑 먹는다고 했던가. 지나가던 마요네즈가 섭섭하다고 할 지경이다. 감자튀김을 팔면서 마요네즈 추가 요금을 받는 그들이 조금은 야속하게 느껴졌지만 말이다.

따끈따끈한 감자튀김을 먹다 보면 청량감이 필요하다. 절로 떠오르는 강렬한 초록색 맥주, 네덜란드의 상징인 하이네켄을 마셔야 한다. 시원한 여름날 어둑어둑 노을이 내리면 늘 따라오는 치맥의 강렬한 유혹을 감맥(감자튀김+맥주)으로 해소하곤 했다. 같은 브랜드의 맥주라도 생산되는 지역에서 먹는 맥주는 확연히 다르다는 걸 이제 안다. 맥주의 고장 독일에만 가도 본고장에서 먹는 맥주와 근처 나라에서 수입된 맥주와는 맛이 다르다. 그런 면에서 네덜란드에는 유명한 맥주가 많다.

한국에서도 부드러운 네덜란드 맥주를 즐겨 마시던 나였지만 본토에서 맛본 맥주는 정말 상상 이상이었다. 마트에서 파는 맥주가 이렇게 맛있어도 되는 건지, 덕분에 그곳에서 생활하는 동안 주량이 참 많이 늘었다. 그리고 한국으로 돌아와서는 더 이상 네덜란드 브랜드 맥주를 마실 수 없게 됐다. 몰랐으면 몰랐지, 이미 진짜 맛을 안 이상 너무도 다른 맛을 용납할 수 없으니…. 고된 여행 끝에 마시는 최상의 맥주를 상상하며 암스테르담에서는 늘 하이네켄을 마셨던 것 같다. 톡 쏘는 청량감이 정말 환상이던 하이네켄은 네덜란드 어디서든 만날 수 있었고, 술집을 표시하던 초록색 네온사인을 보는 순간은 늘 신이 났다.

그런 하이네켄의 모든 걸 만날 수 있는 하이네켄 박물관이 암스테르담 시내에 있다. 네덜란드가 낳은 세계적인 맥주 브랜드인 하이네켄의 역사와 제조 과정은 물론, 다양한 체험과 게임들로 구성된 이곳은 진짜 양조장을 개조해 만든 복합 문화 공간이다. 직접 맥주병을 꾸며 나만의 맥주도 주문 제작할 수 있고, 내 이름을 새긴 예쁜 맥주잔을 만드는 등 체험할 거리가 많다 보니 저렴하지 않은 입장료에도 늘 관광객이 북적인다.

뭐니 뭐니 해도 본국에서 맛보는 시원한 맥주 시음 행사를 하는데 여태껏 먹어본 맥주와는 차원이 다른, 갓 뽑은 하이네켄의 맛을 경험할 수 있어 너무 좋았다. 방문한 아이들에게는 무알코올 음료가 제공되니 온 가족이 즐기기 좋은 여행 코스이다. 맥주를 좋아하지 않던 사람들도 반하고 간다는 그 맛, 예쁜 맥주

잔들을 주워 담게 되는 초록의 맛이 주말마다 문득 생각난다.

하이네켄 박물관 체험장

감자튀김과 하이네켄의 조합

작은 나라의 위대한 예술가들

　세계에서 가장 사랑받는 화가이자 강렬한 붓 터치가 인상적인 빈센트 반 고흐, 빛과 어둠, 그림자를 활용하여 작품의 극적 요소를 표현한 렘브란트, 신비로운 빛의 마술사 요하네스 베르메르, 살아있는 붓 터치로 생생한 묘사를 했던 프란스 할스, 현대 미술을 대표하는 추상 화가 몬드리안까지. 이름만 들어도 너무도 쟁쟁한 이 화가들이 놀랍게도 모두 네덜란드 사람이다.

　'작지만 얼마나 위대한 나라인가.'

　어떻게 우리나라 국토 면적의 절반밖에 되지 않는 나라에서 위대한 예술가들을 이렇게 많이 탄생시켰을까? 네덜란드 생활 중에 가장 알차고 의미 있었던 건 수백 개가 넘는 미술관과 박물관들을 찾아다니는 일이었다. 네덜란드 거주자에게만 발급되는 뮤지엄 카드를 이용하면 일 년간 전국 400개 이상 박물관을 무제한으로 무료입장할 수 있다. 뮤지엄 카드 덕분에 전 세계에서 내로라하는 화가들의 작품을 수십 번씩 감상하는 호사를 누렸으니 과연 그 시간이 네덜란드 생활의 진수가 아니었나 싶다.

화가들의 생애와 작품을 엿볼 수 있는 미술관이 전국 각지에 있지만, 네덜란드의 최대 미술관인 국립 미술관과 세계 제일의 고흐 컬렉션이 있는 반 고흐 박물관이 바로 암스테르담에 있다. 시간이 별로 없는 여행객이라도, 네덜란드가 계획에 없던 사람이라도 이 미술관을 가기 위해 암스테르담으로 들어온다. 이렇게 인기가 많지만 무료로 들어오는 뮤지엄 패스 소지자라고 불이익을 보는 일은 없다. 거주자이기에 여러 번 나눠서 방문해도 되고 얼마나 감사한 일이었는지 모른다.

국립 박물관과 고흐 박물관 사이로 넓게 펼쳐진 뮤지엄 플레인의 초록 풀밭에 누워 광합성을 즐기는 사람도 많다. 햇볕이 좋은 날이면 무조건 야외로 나가는 네덜란드인의 모습을 가장 잘 볼 수 있는 곳이다. 국립 박물관에 들러 렘브란트, 베르메르, 고흐 등 5,000여 점의 작품과 800년의 화려한 미술사를 만나는 일은 늘 감동이었다. 17세기 네덜란드 황금시대의 방대한 회화 컬렉션도 유명하지만 단연 하이라이트는 렘브란트의 야경(The Night Watch)을 감상할 수 있다는 점이다. 어둠과 빛의 극적 표현으로 유명한 렘브란트의 작품은 모두 아름답지만, 특히 야경 앞에 도달하면 압도적인 작품 크기에 관람객들의 눈이 하나같이 휘둥그레진다.

미술 작품도 좋지만, 개인적으로 1층 기념품 샵에서만 파는 국립 박물관만의 한정 상품 구경이 참 재밌었다. 우산, 물통, 쟁반에 이르기까지 다양한 물건에 국립 박물관 소장 작품이 프린팅되어 있어 고급스럽기 그지없다. 가격이 저렴한 편은 아니지만 뭘 만들어도 네덜란드 제품들은 참 예쁘게 만들어서 그냥 지나칠 수가 없다. 점심시간에 맞춰 뮤지엄 플레인으로 나오니 여기저기 샌드위치를 먹는 현지인이 많다. 앞서 봤던 작품들을 떠올리며 국립 미술관 건물을 배경 삼아 먹었던 샌드위치의 맛은 그날의 기분처럼 참 풍성했다.

왼쪽으로 고개를 돌려 보니 더 대단한 게 있다. 매년 수십만 명의 관람객이 이곳만을 위해 암스테르담을 찾는다는 반 고흐 뮤지엄이다. 워낙 영향력 있는 화가이다 보니 어린 아들도 무척 관심을 보였다. 그렇게 수십 번을 드나들며 느낀 건 그가 뛰어난 재능과 실력을 주목받지 못해 불운했던 희대의 예술가라기보다 사람들의 관심이 그립고 동생 테오에게 인정받는 형이 되고 싶었던, 지극히 평범한 사람이었다는 사실이다.

　천재적인 재능을 인정받지 못하는 건 참 안타까운 일이다. 그러나 인정받지 못한다고 해서 누구나 비참하고 우울한 인생을 사는 건 아니다. 정신적으로 유약했던 그의 곁에서 힘이 되어 주고, 당신은 이상한 사람이 아니라고 깨닫게 해 주는 누군가가 있었더라면 귀를 자른다거나 자살행위를 하는 비극은 없지 않았을까? 불운한 사건으로 비운의 유명 화가가 된 것도, 그의 강렬한 터치가 뒤늦게 인정받게 된 것도 어찌 보면 괴짜 천재 화가에 대한 당대 주변인의 배타심에서 비롯된 게 아니었을까. 온전히 그만의 스타일을 사랑해 주던, 괴짜 반 고흐란 사람 자체를 인정해 주는 사람이 분명히 있었을 테지만 그의 어두운 내면이 자신을 받아들이지 못한 것 같아 너무 속상하다. 거칠지만 과감하고 어쩌면 지나친 정도의 색감은 직접, 자세히 봐야 온전히 느낄 수 있다. 다른 화가들의 작품과 달리 빈센트 반 고흐의 작품 앞에 서면 처연한 자기 모습을 너무 잘 담아낸 것만 같아

가슴 한편이 아려왔다.

　네덜란드에서 수많은 예술가를 배출할 수 있었던 이유는 어떠한 화풍이건 의미 있는 작품과 사람을 전적으로 존중하는, 지극히 관대한 사회이기 때문인 듯하다. 예술을 예술 그 자체로 인정하는 사회적 풍조 덕분에 위대한 작품들이 탄생한 것 아닐까. 그렇기에 본연의 개성을 살린 채 자유롭게 표현하고 발전시킬 수 있으며, 누구도 흉내 낼 수 없는 독보적인 예술 작품으로 승화시킬 수 있었던 것이다. 자유를 인정하며 욕심을 부리지 않는 실리적인 사회 속에 펼쳐지는 예술의 깊이를 달리 어디서 만들어낼 수 있을까.

반 고흐 뮤지엄에 걸린 50주년 기념 반 고흐 자화상

네덜란드의 베니스, 히트호른(Giethoorn)

이탈리아의 베니스처럼, 아니 어쩌면 그보다 더 아름다운 네덜란드만의 베니스가 있다. 맑은 하늘과 푸르게 우거진 나무들 아래 알록달록 꽃들로 장식된 아름다운 집들이 있고, 그 사이를 흐르는 반짝이는 운하를 볼 수 있는 4월~6월. 이 시기가 되면 우린 어김없이 히트호른으로 떠났다. 눈에 담기는 모든 순간이 비현실적으로 아름답던 그곳은 암스테르담에서 북동쪽으로 1시간 반 거리에 있는 마을이다.

습지대에서 주민들이 처음으로 수백 개의 염소 뿔(Giethoorn)을 발견한 데서 유래되었다는 이 마을은 아기자기한 주택들 사이로 운하가 흐르고 자동차 대신 배에 의존하며 살아가는 곳이다. 운하를 따라 배를 타고 이동하는 이 마을은 네덜란드의 베니스라 불려 왔고, 이탈리아 베니스를 여러 번 다녀온 내가 느끼기엔 이곳이 베니스보다 몇 배는 아름답다. 한국에서 놀러 왔던 지인들도 단연 1등으로 뽑을 만큼 많은 이들에게 보물 같은 여행지다.

히트호른에서는 작은 보트를 빌려 운하를 따라 마을 구석구석을 돌아볼 수 있다. 처음 방문했을 때는 보트 운전이 낯설어서 여기저기 다른 배들과 엉키고 부딪히기도 했지만, 아름다운 운하 위에서는 어떤 상황이 벌어져도 모두가 웃으며 유쾌하게 상황을 해결했다. 배가 엉켜서 움직일 수 없어도, 다른 배 사람들과 민망할 만큼 가까워져도 운하 위에서 까르르 웃느라 재밌기만 하다. 우리는 아름다운 마을을 즐기러 온 초보 운전자니까. 뱃길 이정표를 따라 돌다 보면 집주인들이 앞마당에 나와 우릴 향해 손을 흔들어 준다. 삶의 터전이 관광지로 북적여서 싫을 법도 한데, 환한 미소로 인사를 나누는 넉넉한 마음에 그저 감사하기만 하다.

좁은 운하를 따라 1시간쯤 돌았을까, 탁 트인 호수가 눈앞에 펼쳐진다. 줄지어 선 백조들이 손에 닿을 듯했고, 호수 중간중간에 떠 있던 아이스크림 가게에 백조처럼 줄지어 있는 배들의 모습이 너무 재미난다. 화창하게 내리쬐는 햇빛에 운하는 보석처럼 반짝였고 그 위를 오리, 백조들과 함께 떠다니며 새들의 날갯짓과 선선한 바람 소리를 온전히 느낄 수 있었다. 우리는 정말 그곳을 사랑했고, 그래서 매년 잊지 않고 찾았던 것 같다. 따뜻한 싱그러움을 느낄 수 있게 해 준 소도시, 히트호른 덕에 네덜란드의 봄을 손꼽아 기다리게 되었다.

풍차를 보기 위하여,
잔세스칸스(Zaanse schans)

'강의 요새'라는 뜻의 잔세스칸스는 네덜란드를 방문하는 관광객들이 가장 많이 찾는 장소이다. 네덜란드를 대표하는 풍차들이 줄지어 있는 풍차 마을로 유명하기 때문인데 나 역시 지인들이 올 때마다 자주 들렀다. 탁 트인 강 주변으로 끝없이 펼쳐진 목초지 위에 수십 개의 풍차가 돌아가는 모습은 네덜란드를 찾은 관광객의 마음을 단번에 사로잡는다. 누구나 상상하는 네덜란드의 대표적인 풍경을 만날 수 있는 곳이기 때문이다.

풍차를 주 원동력으로 삼았던 산업 혁명 시기에는 이 지역에 600개가량의 풍차가 있었으나, 지금은 소량의 풍차와 전통 주택들만이 남아 네덜란드의 전형적인 모습을 재현한 관광지로 운영되고 있다. 관광객들은 풍차들이 줄지어 있는 마을 구석구석을 걸어 다니며 나막신을 만드는 공장, 치즈를 만드는 상점부터 베이커리, 박물관 등 동화처럼 골목에 숨은 상점들을 구경한다. 부모님이 제일 신기해하셨던 나막신 공장에서는 직접 나무로 나막신 만드는 모습을 재현해 보여준다. 습한 지형에 적합했던 나무 신발을 눈앞에서 뚝딱뚝딱 만들어냈는데 우리가 흔히 알던 투박한 나막신 말고도 다양한 스타일을 볼 수 있다.

　나막신 공장 옆으로는 치즈가 유명한 네덜란드답게 여러 상점이 있는데 수십 가지의 치즈를 맘껏 시식할 수 있다. 평소에 치즈를 안 좋아하던 사람들도 와인과 치즈를 곁들여 시식하면 그 깊은 맛에 깜짝 놀라게 된다. 전통 복장을 하고 알록달록 다양한 치즈를 파는 점원의 안내에 따라 치즈를 구경하다 보면 어느새 내 바구니에도 묵직한 치즈 덩이가 한가득이다.

　네덜란드의 풍차는 바람의 방향에 따라 방향을 바꿀 수 있도록 설계되어 방문할 때마다 방향이 다른 풍차를 볼 수 있다. 저지대의 배수를 도울 뿐만 아니라 곡식을 빻고, 암석과 나무를 자르는 등 많은 역할을 했던 풍차는 네덜란드에 없어서는 안 될

존재였다. 돌고 있는 수십 개의 풍차 중에서 내부를 구경할 수 있는 풍차가 있는데, 입장료를 내고 들어가면 풍차의 작동 원리와 움직임을 가까이에서 관찰할 수 있고, 날개가 있는 윗부분까지 올라가 볼 수 있다. 풍차 날개로 올라가려면 좁고 가파른 사다리를 타야 하는데, 날개에 도착하면 거센 바람을 온몸으로 맞느라 정신이 하나도 없다. 역시 바람의 나라답다.

풍차들은 날씨가 좋은 날이든 나쁜 날이든 매번 다른 얼굴로 우리를 맞이했다. 맑은 날의 풍차는 한 폭의 그림 같지만, 흐린 날도 많은데 그렇다고 서운해하지 말자. 수백 년 전부터 거센 바람에 힘차게 맞서 온 그 모습이 진짜니까. 구름이 가득 낀 날이 오히려 그 역사를 일깨우는 영광의 순간일 테니 말이다.

호수가 되어버린 바다, 북해 방조제

네덜란드는 해수면보다 낮은 지형 특성상 여기저기에 둑이 참 많다. 전해져 내려오는 이야기로는 어느 추운 겨울날, 한 소년이 둑에 물이 새는 걸 발견해 두 주먹으로 밤새 그 틈을 막아 얼어붙은 몸으로 나라를 지켜냈다고 한다.

팬데믹 시절 관광지도 닫히고 시간이 멈춰버린 것 같은 느낌에 답답한 마음을 안고 무작정 드라이브를 나온 적이 있다. 목적지도 없고 콧바람이라도 쐬사고 나온 김에 구글 지도를 보니 유난히 긴 도로가 보인다. 바다인 줄 알았던 곳이 북해 방조제로 만들어 낸 인공호수였던 것이다. 지도로 보기에도 어마어마한 길이의 방조제에 직접 가보고 싶다는 생각이 들었다. 북해 방조제로 향하는 길에 구글로 검색을 해 보니 홍수 때마다 피해를 최소화하기 위해 북해로 이어진 만을 대제방으로 막았다고 한다.

이 북해 방조제는 20세기의 7대 불가사의 구조물로 꼽히며, 당시 세계 최대의 해양 엔지니어링 프로젝트로 여길 만큼 험난한 과정이었다고. 설명을 읽는 내내 호기심으로 너무 설렜다. 결국 바다는 약 32㎞ 폭의 둑으로 완벽하게 둘러싸인 호수가

됐으며, 물빼기 작업을 통해 몇 년 후 수십만 헥타르의 농경지도 확보되었다니 한때 바다였던 땅 위에 수천 명의 사람이 살게 된 것이다.

팬데믹 시기라 통행하는 차도 거의 없었고, 북해로부터 불어오는 엄청난 세기의 바람이 을씨년스러운 분위기를 더욱 가중한다. 거대한 대제방 한가운데는 공사의 역사를 소개한 박물관이 있었다. 끝없이 펼쳐진 바다를 보며 한참을 서 있다 보니, 이 망망대해에 맞서 싸우던 사람들의 처절한 울부짖음이 들리는 듯하다.

어떻게 이 큰 바다를 막을 생각을 했을까. 제방 위로 돌을 쌓는 사람들의 동상과 비문을 읽어 보니 강인한 정신이 느껴졌다. 때마침 노을이 지고 비장한 기운이 맴도는 대제방의 한가운데서 나는 생각했다. 살아있는 국가는 스스로 미래를 만든다고.

바닷물을 막는 제방과 그 위로 차오르는 해수를 풍차로 쉴 새 없이 퍼내며 만들어 낸 땅. 이것이 네덜란드의 간척 역사다. 그 고단한 여정의 종착지가 북해 방조제다. 네덜란드를 방문하는 관광객이 이곳에 들를 일은 거의 없겠지만, 800년에 걸친 사투의 현장을 꼭 추천하고 싶다.

오른쪽의 북해, 왼쪽의 인공 호수를
가로지르는 북해 방조제

치즈도 경매를 한다고? 알크마르 (Alkmaar)

4월 중순에서 9월 중순까지 매주 금요일, 알크마르 마을의 바흐 광장에서 전통 방식 그대로 치즈 시장이 열린다. 암스테르담에서 북쪽으로 40분 정도 달렸을까. 주차장 쪽문을 나서자 문 하나 사이로 과거와 현재를 구분하듯 14, 15세기의 오래된 건물이 눈앞에 나타났다. 암스테르담보다 더 오래되고 고즈넉한 모습의 마을로 들어서자, 저 멀리 시끌시끌한 군중의 소리가 발길을 재촉한다.

네덜란드의 치즈는 1년 생산량의 70% 이상을 수출할 만큼 세계적으로 유명하다. 도시별로 유명한 치즈가 많은데 그중에서도 알크마르의 치즈 시장이 가장 큰 규모를 자랑한다. 수백 년 동안 전통 경매 방식 그대로 진행되며, 노란 원형 치즈 더미들을 여러 명이 함께 메고 나르는 모습이 아주 흥미롭다. 시장이 열리면 치즈 감별사들이 모여 치즈의 외관과 맛, 지방함유량 등을 따져 등급을 매기고 가격이 정해지는데 가격과 등급이 정해진 치즈는 전통 복장을 한 운반원에 의해 옮겨진다. 활기 넘치는 옛 시장을 보기 위해 모여든 관광객은 연신 카메라 셔터를 눌러 대느라 신이 났다.

광장 옆 운하에 때마침 배로 치즈를 실어 나르는 치즈 운반원이 보인다. 운하가 발달한 알크마르는 오래전부터 배를 타고 유럽과 남미로 치즈를 날랐고, 전통 시장이 열리는 날이면 검은색 전통 의상을 입고 그 모습을 재현하는데 운이 좋게 마주친 거다. 긴 막대로 이동하는 전통 나무배에 동글동글한 치즈를 차곡차곡 싣고 이동하던 운반원이 우리를 향해 흐뭇하게 손을 흔들어 준다. 북적거리던 오전 치즈 시장이 끝나면 언제 그랬냐는 듯 광장이 고즈넉한 카페의 야외 좌석으로 변신한다. 조금 전까지 왁자지껄 시장 구경을 마친 사람들은 잔잔한 음악이 울려 퍼지는 광장에 남아 식사나 커피를 즐겼고, 옆 골목에 펼쳐진 노점상을 구경하기 시작했다.

작은 골목 사이로 전통 복장을 한 동네 사람들이 치즈와 알크마르 관련 기념품을 판매했다. 낙농업자들은 자신의 농장치즈들을 가지고 나와 얇게 잘라서 판매하기 때문에 그 자리에서 다양하고 신선한 치즈를 맛보는 재미가 아주 쏠쏠했다. 즉석에서 잘라주는 치즈를 집어 먹으니 입안에 알크마르의 진한 향이 퍼져간다. 오래되고 묵직한 전통의 향이….

진주 귀고리를 한 소녀와 그의 집,
델프트(Delft)

암스테르담에서 남쪽으로 한 시간, 세계적으로 유명한 공과 대학이 있는 델프트에 도착했다. 이 지역 인구의 7분의 1이 학생이라고 들었는데 도착하니 한눈에 봐도 대학가임을 알 수 있었다. 압도적으로 많은 학생들이 저마다 노트북 가방을 메고 자전거를 탄다. 대학가 근처답게 하숙집도 많이 보이고 운하 옆 여기저기 무리를 지어 토론하는 학생도 많다. 잠시 대학 시절 풋풋한 기억을 떠올려 보다가 걸음을 옮긴다.

공대의 딱딱한 분위기와 달리 이 도시는 네덜란드에서도 특히 예술이 살아 숨 쉬는 곳이다. 미술 작품 '진주 귀고리를 한 소녀'로 유명한 요하네스 베르메르의 고향이자 그가 평생을 보낸 곳이기 때문이다. 그가 오랫동안 화가 조합에서 일했던 건물 터에 현재는 베르메르 박물관이 위치해 있다. 주로 동네 풍경이나 사람들의 일상을 그린 베르메르는 표현력이 사실적이면서도 자연스러워 개인적으로 가장 좋아하는 화가이다. 현존하는 작품이 35점이라 신비에 싸여 있는데 온 세계에 흩어진 그의 작품을 모두 보는 게 나의 오랜 꿈이다.

한번은 오스트리아 미술관에서 베르메르 작품을 본 적이 있다. 역사적으로 내로라하는 화가들의 작품이 전시되어 있었지만, 딱 한 점 있는 베르메르 작품을 보기 위해 관광객들이 인산인해를 이루고 있었다. 세계 어느 곳이든 그의 유작을 하나라도 소장하고 있다면 평생 그 작품 하나로 박물관 운영 이익을 거둘 수 있다는 해설사의 설명을 들은 기억이 난다.

바로 그 베르메르가 평생을 사랑하고 머물렀던 델프트는 어떤 감흥과 영감을 주었던 것일까? 당시 델프트의 운하를 그린 '델프트의 풍경'이라는 작품은 네덜란드 헤이그 미술관에 전시되어 있다. 작품 속 델프트의 풍경과 내가 바라보는 델프트의 모습은 거의 비슷했다. 변함없이 화려하지도 수수하지도 않은 독특한 옛 건물들, 주변을 흐르는 잔잔한 운하는 암스테르담과는 또 다른 소박한 아름다움이 느껴졌다. 그 위에 내리쬐는 햇빛을 배경 삼은 젊은이들의 자전거가 생기롭다. 델프트를 직접 걸어 보니 베르메르가 느꼈을 고향의 포근함과 따스함이 더욱 실감 났다. 헤이그 미술관은 '진주 귀걸이를 한 소녀'뿐만 아니라 베르메르의 그림을 세 점이나 소장하고 있어 이 작은 미술관이 매일 북새통을 이룬다. 35개의 유작 중 세 작품을 품고 있는 박물관의 위엄을 가까이서 경험할 수 있어 영광이었다.

베르메르 박물관을 나오면 바로 앞에 델프트의 중심 광장이 있다. 큰 시청사를 중심으로 여기저기 작은 카페들과 기념품 가게들이 광장을 둘러싸고 있다. 유난히 눈에 들어오는 푸른빛의 소품들, 그 유명한 델프트 도자기다. 흰 바탕에 푸른 문양이 들어간 도자기가 왠지 우리 눈에 꽤 익숙한 모습이다.

17세기 초 포르투갈 선박에 실려 있던 중국 청화 백자의 상품 가치를 알아본 네덜란드가 그 아름다움을 모방해 그들만의 상품으로 재탄생시켜 델프트 블루(Delft Blue) 또는 델프트 웨어를 만들어냈다. 네덜란드다운 대단한 사업 수완이다. 동양인인 우리가 보기에 굉장히 친숙하면서도 서양 건물에 어우러진 도자기의 푸른빛이 아주 이색적으로 다가왔다.

여러 도자기 공장이 대대손손 델프트 블루를 만들어왔지만, 지금까지 유일하게 네덜란드를 대표하는 도자기 공장으로는 '로얄 델프트(Royal Delft)'가 있다. 엄청난 고가이지만 유일하게 생존한 공장답게 색감과 퀄리티가 매우 훌륭하다. 내친김에 델프트에 있다는 로얄 델프트 박물관을 들렀다. 델프트 블루의 역사부터 공장 내부 탐방, 그리고 장인이 도자기에 직접 그림을 그려 넣는 모습 등을 눈앞에서 볼 수 있다. 왕실의 행사가 있을 때마다 생산하는 국가 기념 도자기부터 매년 크리스마스를 장식하는 연도별 한정판 장식품까지 종류도 다양했다.

특히 튤립이나 히아신스 꽃을 꽂을 수 있는 꽃병이 압도적이었는데 피라미드처럼 층층이 쌓아 올린 꽃병으로 델프트 블루의 대표 상품이다. 이 또한 중국의 탑 도자기와 유사해서 중국이 보면 자기네 문화를 훔친 모양으로 생각하겠지만, 튤립을 가지고 네덜란드만의 모습으로 재탄생시켜 당당히 델프트 도자기의 이름을 각인시킨 능력이 실로 놀랍다. 사실은 튤립도 튀르키예가 본원인데 네덜란드의 재창조 능력을 당해 낼 재간이 없다. 아코디언 소리로 가득한 옛 광장에 앉아 주위를 둘러보고 있자니 아름다운 옛 건물 속 도자기들의 푸르름이 더욱 신비한 빛깔을 내는 듯하다.

겨울을 찾아서

라플란드에서 만난 나의 산타
-핀란드 여행기 1편

영롱한 오로라가 쏟아져 내리는 하늘, 그 아래 끝없는 눈밭이 펼쳐진다. 눈 덮인 숲속에 유리 천장의 오두막이 나타나고 그 오두막 사이를 지나는 순록을 떠올려 본다. 그 신비한 풍경을 만날 수 있는 곳, 겨울의 핀란드다. 4년간의 네덜란드 생활을 정리하고 한국으로 돌아가기 전, 마지막 북유럽 여행으로 핀란드를 찾았다. 국토의 대부분이 북극권에 있다 보니 추운 걸 싫어하는 나로서는 매번 망설여지는 여행지다. 그렇지만 오로라, 산타 마을, 겨울왕국이란 수식어는 초등학생 아이를 설레게 하기 충분했고, 결국 헬싱키행 비행기에 올랐다.

늦은 밤 헬싱키 공항의 문이 열리자 눈앞에 어마어마한 눈으로 뒤덮인 겨울왕국이 우릴 반긴다. 네덜란드는 거의 눈이 오지 않는데 얼마 만에 보는 눈인가. 순간 방한용품으로 가득한 짐이 전혀 무겁게 느껴지지 않는다. 비현실적으로 하얀 눈 세상에서 걱정하는 우리와 달리 강아지처럼 방방 뛰며 너무 좋아하던 아들. 매서운 눈바람을 뚫고 아이와 여행을 잘 마칠 수 있을까? 첫날의 걱정을 핀란드식 사우나에 녹여내며 여행을 시작했다.

다음날 핀란드의 진짜 모습을 보기 위해 수도 헬싱키에서 북쪽으로 900킬로쯤 떨어진 라플란드로 향한다. 라플란드는 유럽 북부, 노르웨이 북부, 스웨덴 북부, 핀란드 북부에 걸친 북극권에 속한 지역을 말한다. 오로라와 백야 현상도 볼 수 있는 신비한 곳!

한 시간 남짓 비행길을 선택할 수도 있었지만 12시간짜리 야간 슬리핑 기차를 선택했다. 신혼여행 때 타 봤던 로마-파리행 슬리핑 기차에서의 추억을 이번엔 셋이 경험하고 싶었다. 아이 역시 잠자는 침대 기차라는 기대감에 늦은 밤 추운 날씨에도 씩씩하게 잘 견뎌 주었다. 헬싱키를 떠나 북쪽으로 달리기 시작한 기차. 따뜻한 2층 침대에서 듣는 기차 소리와 기분 좋은 흔들림, 샤워실로 변신하는 화장실, 조식과 와이파이까지 제공되는 객실. 이보다 더 이색적이고 즐거운 호텔은 없다.

기차가 달리던 그날 밤, 나는 깊게 잠들지 못했던 것 같다. 몇 시간마다 눈이 떠지면 잠시 창밖을 내다보고 다시 잠이 들고를 반복했다. 칠흑 같은 어둠 속에 눈 내리던 간이역부터 끝없이 펼쳐진 자작나무 숲을 달릴 때, 그리고 그 사이로 동이 트던 풍경까지. 잠결이라 하기에는 모든 게 너무 생생했다. 아침이 되고 따뜻한 커피와 갓 구운 빵이 놓인 접시 너머로 새하얀 자작나무 숲을 지나간다. 실로 겨울왕국에 와 있구나!

끝도 없이 펼쳐진 설원을 달리는 기차에서 먹는 조식

그렇게 12시간을 달려 로바니에미라는 도시에 도착했다. 라플란드 지역의 주도인 로바니에미는 산타클로스의 고향이자 거주지로 유명한 곳이다. 사시사철 크리스마스에 산타클로스가 살고 있어 산타를 직접 만날 수 있는 곳, 북극권 한계선이 산타클로스 마을 중심을 관통한다.

바닥에 새겨진 북극선을 넘나들며 기념 촬영을 하다 보면 내가 어느새 북극권까지 올라와 있다는 걸 실감한다. 마을 안에는 산타클로스를 만날 수 있는 산타 오피스, 전 세계에서 산타에게 보낸 편지들이 모이고 발송되는 산타 우체국, 허스키 썰매와 순록 썰매를 체험하는 곳, 겨울 테마파크와 연어 장작 구이, 순록 버거 같은 대표 음식을 맛볼 수 있는 다양한 레스토랑까지 갖춰져 있다.

이제 막 산타의 존재를 부정하던 아들은 혼란스러운지 계속 우리에게 묻는다. 진짜 여기 사는 산타가 이제까지 본인에게 선물을 보내줬던 거냐고.

"그럼! 이렇게 바쁘게 아이들을 돌보고 계시잖니. 산타와 엘프는 바쁘니까 일정 나이가 되면 그 권한을 부모님이 대신 이어서 해 주는 거야."

라고 말하며 생각한다.

'아들아, 그게 진실이든 아니든 언제나 널 지켜봐 주고 응원해 주는 마음속 산타를 믿고 살아가는 건 어떻겠니?'

드디어 우리 아이가 산타클로스를 만날 차례가 왔다. 긴 기다림 끝에 산타에게 다가가던 그 순간, 아이의 코에서 코피가 흐른다. 바깥 온도와의 급격한 차이 때문에 그런 거니 괜찮다는 산타 할아버지의 푸근한 목소리에 당황했던 우리의 마음이 모두 녹아내린다. 산타는 있다. 우리가 믿고 의지하면 마음 한편에서 우릴 응원하는 나만의 산타 말이다. 그날은 아이뿐만 아니라 우리에게도 선물 같은 시간이었다.

산타클로스와의 영광적인 만남의 순간

북극권에 위치한 산타 빌리지

산타 오피스를 나와 빌리지를 나서니 하얀 설경 위에 멋진 뿔을 펼치며 입김을 뿜는 순록이 보인다. "겨울왕국 스벤이다!"를 외치는 아이 옆에서 우리도 한동안 그 멋진 자태를 넋 놓고 바라보았다. 멋들어지게 뻗은 뿔과 깊고 순한 두 눈, 하얗게 눈이 묻은 코까지.

두 마리의 순록이 앞뒤로 썰매를 연결해 천천히 숲속을 거닐고 있었다. 썰매에 올라타자 사각사각 썰매 끌리는 소리와 순록의 입김 소리만이 허공에 울려 퍼지고 나무 위 쌓였던 눈발이 조용히 흩날리기 시작했다. 볼이 빨개진 아이는 순록과 눈을 맞추며 함께 호흡하고 있었고, 세상이 온전히 그 둘에게 집중된 것 같았다.

눈 덮인 숲속을 통과하는 순록 썰매

빛의 향연
-핀란드 여행기 2편

　겨울에 라플란드를 방문하는 사람이라면 밤에는 오로라를 관찰하고 낮에는 하얀 설원에서 여러 가지 액티비티를 즐긴다. 인기 액티비티로는 순록 사파리, 스노모빌 사파리, 허스키 사파리, 얼음낚시 등이 있는데 우리는 빠른 속도에 스릴 만점인 허스키 사파리를 체험해 보기로 했다. 허스키 사파리는 좀 더 한적하고 야생인 곳으로 가야 해 로바니에미에서 북쪽으로 260km 떨어진 사리셀카라는 마을로 향한다.

　허스키 사파리는 탑승객 중 한 명이 4~6마리의 시베리아허스키가 끄는 썰매의 방향을 조정하며 설원을 달리는 액티비티다. 허스키 하우스에서 허스키들의 특징을 듣기 전까지는 개들이 너무 힘들까 봐 이 체험을 하지 말아야 하나 많이 고민했다. 그러나 푸른색 눈과 곧게 뻗은 털, 근엄하고 무표정한 생김새와 달리 사람을 매우 좋아하고 활동적인 걸 즐기는 시베리아허스키는 영하 25도의 온도에서 주기적으로 일정량을 뛰어야 건강하게 더 오래 살 수 있다고 한다. 가이드의 말을 들으니 무거웠던 마음이 조금은 가벼워졌다.

'좋아! 함께 달려 보자. 여기까지 와서 그냥 갈 수는 없잖아.'

썰매견을 배치하는 데도 나름의 요령이 있었다. 앞에 두 마리는 영리하고 길눈이 밝은 아이들로, 중간 두 마리는 지구력이 좋은, 그리고 썰매와 가장 가까운 두 자리는 가장 힘이 세고 체력이 좋은 아이들로 배치된다. 6마리 모두 하얀 입김을 뿜으며 흥분 상태로 서 있는 모습이 마치 놀이터 나가기 직전 신이 난 어린아이들 같다. 몇백 년 전부터 추운 겨울 이렇게 인간에게 도움을 준 녀석들을 생각하니 뭉클하다. 그 오래전에도 인간들은 이렇게 동물과 교감하며 극한의 추위를 버텨 왔나 보다.

남편에게 조종대를 맡기고 온 가족이 썰매에 올라탔다. 묶여 있던 끈이 풀리기가 무섭게 엄청난 속도로 달려 나가는 6마리 허스키들. 24개의 다리가 일사불란하게 움직이고 인간의 힘이 더해져 끝이 안 보이는 눈밭을 질주하기 시작했다. 처음에 함성인지 비명인지 정신을 못 차리고 마구 질러댔지만, 점점 매서운 바람 소리와 허스키의 숨소리만이 귓가에 들려왔다.

너무 미안해진다. 숨을 가득 들이마셔 몸을 띄워 썰매가 가벼워진다면 얼마나 좋을까. 발이 아프진 않을까, 썰매 달린 어깨가 아프진 않을까? 미안하고 죄책감이 드는데 이게 또 황홀할 정도로 재밌다. 이런 모순적인 인간 같으니라고….

휴식 시간이 되자 허스키들은 눈밭에 뒹굴며 눈으로 목을 축인다. 턱에는 고드름이 얼어붙고 코에는 하얀 눈을 가득 묻힌 모습이 어찌나 귀엽던지. 다시 출발 지점으로 돌아오고 썰매에서 내린 우리는 허스키들과 한참 교감하며 시간을 보냈다. 너무 애썼다고, 우리를 즐겁게 해 주어서 정말 고맙다고. 한 마리 한 마리 돌아가며 눈 맞추고 쓰다듬으며 인사를 나눴다. 너희들도 달려서 행복한 거 맞냐고, 혹시나 어디가 아프진 않냐고, 속으로 묻고 또 물었다. 허스키들의 침으로 온몸이 뒤덮여도 더럽게 느껴지지 않았다. 고맙고 미안한 마음만 있었을 뿐.

드넓은 눈밭을 무서운 속도로 질주하던 허스키 썰매의 추억

썰매 체험이 끝나고 오두막에 모여있는 사람들에게 뜨거운 차와 순록 버거가 제공되었다.

'순록한테 또 미안해해야 하는 건가…. 오늘은 온종일 죄책감 투성이네. 그런데 이 버거는 또 왜 이렇게 맛있는 거야….'

오로라는 북극권 지역에서만 나타나는 가장 스펙터클하고 신비로운 현상이다. 특히 라플란드 지역은 연중 약 200일 정도 (9월~3월) 동안 오로라가 나타나고, 도시의 불빛이 드문 곳이라 오로라를 볼 확률이 높다. 오로라가 가장 많이 나타나는 시간은 오후 9시부터 새벽 1시 사이인데, 북쪽 하늘에서 작은 띠로 시작해 전체 하늘로 퍼져나가는 모양새다. 라플란드의 겨울밤은 영하 20도 아래로 내려가므로 오로라 추적이 결코 만만하지 않다. 추위도 추위지만 컴컴한 밤에 어디로 가서 어떻게 오로라를 발견해야 할지 막막한 관광객을 위한 오로라 헌팅 투어가 있다.

밤 9시, 전 세계에서 모인 관광객들이 단단히 무장한 채로 헌팅 버스에 오른다. 베테랑 오로라 투어 가이드와 전문 포토그래퍼가 동행하고, 기상청에서 보내주는 오로라 지수가 확률을 예측하지만, 누구도 장담할 수 없다. 작은 기후 조건까지 다 맞아야 한다는 기적을 과연 맞이할 수 있을지 모두의 얼굴에 설렘과 긴장이 가득하다.

칠흑 같은 어둠에 쏟아지는 별들을 보며 1시간쯤 달렸을까. 아무것도 보이지 않는 어둠 속, 꽁꽁 언 호수 위에 우리를 내려준다. 느껴보지 못했던 극한의 추위와 적막감에 공포감이 엄습해 온다. 여기서 일행을 놓치면 얼어 죽을 게 뻔하다. 이제부터는 마냥 기다림이다. 언제 나올지 모르는, 아니 나오지 않을지도 모를 오로라를 기다리는 1분 1초가 몇 시간처럼 느껴진다.

스태프들은 한쪽에 모닥불을 피우기 시작했다. 무섭고 불안한 마음을 작은 모닥불 앞에 모여 녹여낸다. 차도 마시고 소시지도 구우며 추위를 조금이나마 잊어본다. 걱정했던 아이는 오로라보다 더 중요한 소시지를 모닥불에 정신없이 굽느라 다행히 추위는 잊은 듯했다.

　30분쯤 지났을까…. 사진작가의 분주한 목소리가 들린다. 아직 내 눈에는 또렷하지 않지만, 전문가의 카메라에 미약한 오로라가 담기기 시작했다. 희미한 줄처럼 연두색, 붉은색이 여러 방향에서 나왔다 사라지기를 반복했고, 이게 마지막일 수도 있단 생각에 다들 셔터를 눌러댔다.

　사진으로만 잡히던 오로라가 점점 눈에 보이기 시작하더니 점점 선명한 빛깔로 강해지고 있었다. 신비하고 황홀한 순간을 저마다의 방법으로 사랑하는 이들과 나누고 있었다. 지나고 보니 추위는 잠깐이었던 것 같다. 머리 위로 퍼져나가는 자연의 수채화에 정신이 팔려 젖은 발도, 얼은 뺨도 느끼지 못했으니 말이다.

　자연의 이치가 그러하듯 한낱 세상의 입자에 불가한 내가 뜻

대로 좌지우지할 수 있는 게 얼마나 되겠는가. 그렇기에 아등바 등한 마음을 갖고 살아갈 필요가 없다. 그저 자연이 주는 경이 로움에 감사하며 순응하고 살아갈 뿐이다.

그렇게 투어를 마무리하려던 순간 선명하고 영롱한 오로라 물결이 하늘을 뒤덮기 시작했다. 희미한 오로라가 끝일 줄 알았 던 우리는 차오르는 감격에 함성을 지르기 시작했다. 춤을 추듯 일렁이고 넓게 번지다가 또 쏟아지는데, 분명 우리에게 무언가 를 말하는 듯했던 순간이 지금도 생생하다. 태양이 보내는 입자 를 지구가 끌어들여 빛을 내는 오로라 현상. 바람도, 구름도, 한 뜻으로 도와야 잠시라도 그 순간을 만날 수 있다.

오로라보다 모닥불에 굽는 소시지가 더 좋았던 순수한 아이 를 위한 하늘의 선물일까? 오로라 예상 지수가 높지 않고, 구름 이 많을 거라 예상했던 날임에도 불구하고 그 숭고한 순간을 우 린 꼭 끌어안고 맞이할 수 있었다. 해외에서 우리 세 식구 고생 많았다고, 서로 믿고 의지하고 사랑하며 한국에 가서도 잘 지내 보라고 주는 선물 같았다.

CHAPTER 5

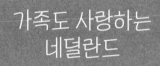

가족도 사랑하는
네덜란드

나에게 네덜란드는?
-아이가 쓴 글

평화로운 분위기, 따뜻한 배려, 깨끗한 공기
이 모든 게 가득한 나라.
이런 나라는 이 세상에 단 하나, 네덜란드뿐일 거다.
4년 동안 수많은 경험을 하게 해 준,
인생을 즐겁고 의미 있게 만들어 준 네덜란드는
축복과도 같았다.

다른 사람들은 이렇게 생각하겠지.

"네덜란드에서 살다 왔다고?
그러면 영어도 잘하고 공부도 다 잘하겠네?"

하지만 나는 다르게 생각한다.
네덜란드에서 살다 왔다고 영어와 공부를 잘해야 하는 것은
아니다. 나에게는 지식보다 경험이 중요했다. 왜냐하면 세상 모
든 것은 경험이 부족하면 그 분야를 잘 알 수도, 더 발전시킬 수

도 없기 때문이다.

그래서 나는 네덜란드에서 무수히 많은 경험을 했다. 외국 친구들과 사귀는 경험, 발표를 준비하고 해 보는 경험, 세계 여러 나라를 여행하는 경험 등.

하지만 내가 가장 얻고 싶었고 그러기 위해 가장 노력한 부분이 바로 자신감이었다. 자신감은 정말 중요하다. 나 자신의 한계를 넘어서 그 이상으로 발전시키고자 하는 의욕을 만들기 위해서는 자신감이 필수이기 때문이다.

운이 좋게도 나는 그곳에서 생활하는 동안 다양한 경험을 통해 자신감을 얻을 수 있었다.

부족한 나를 자신감 넘치는 나로 만들어 줬고 단순한 인생을 의미 있는 시간으로 만들어 준 네덜란드는 나의 선생님이었다. 한 걸음씩 나아갈 수 있도록 내 등을 밀어줬던 나의 가장 큰 힘 네덜란드.

그 기억이 평생 내 곁에 남아주기를….

4년을 함께한 축구팀 친구들

나도 일찍 퇴근해서 가족과 놀겠어
-남편이 쓴 글

　나에게 네덜란드는 시작부터 끝까지 항상 '쨍'하며 깨끗하고 단순했던 느낌이다. 투명하게 맑은 하늘과 경계가 뚜렷한 구름, 항상 정돈된 도로와 운전할 때 올라오는 기분 좋은 일정한 진동, 그리고 그 속에서 단순하게 사는 사람들의 모습까지 모두 그랬다. 그렇게 잡음과 복잡함이 사라진 후에야 비로소 진정 중요한 것이 무엇인지 생각할 수 있었다. 이런 기회를 가질 수 있었다는 것이 네덜란드 생활의 가장 값진 결과물이 되었다.

　한국에서는 가족보다는 회사가 가장 중요한 가치인 것처럼, 그것이 정답인 양 살아왔던 것 같다. 네덜란드에 와서 한국 회사의 주재원으로 일했는데, 그 큰 건물에 저녁 8시까지 야근하고 내려오면 오직 일본, 한국 회사 사무실에만 불이 켜져 있는 모습을 보며 이건 근본적으로 뭔가 잘못된 게 아닌가 생각하게 되었다.

　또한 타 회사와 약속을 잡을 때도 사람들은 곧잘 자연스럽게 아이 학교 행사가 있어서 이날은 안 된다고 말하고, 조금만 친해지면 가족 이야기부터 신나게 공유했으며, 저녁 5시만 되어도 모두 가정으로 돌아가 인생을 즐기고 있었다. 그럼에도 불구하고 회사도 세상도 잘 돌아가고, 오히려 모두 더 행복해하는 모습이었다. 이런 환경 속에서 내 생각도 조금씩 바뀌어 가는 것을 느낄 수 있었다.

더구나 타지에서는 처가나 시댁이 없어 온전히 가족끼리 뭉쳐야 하는 분위기다. 그 어느 때보다 내 가족과 시간을 많이 가질 수 있다. 단순한 생활 속에 가족과 시간을 보내고, 또 그렇게 살아가는 다른 가족과 시간을 보내다 보면, 인생에서 가족이 가장 중요하고, 끝까지 남는 것은 가족밖에 없을 렌데 왜 그렇게 밖을 전전하며 살아왔을까 하는 생각이 든다. 이렇게 끈끈해진 우리 가족, 그것만큼 내게 가치 있는 것이 있을까.

한국에 돌아와서도 여전하다. 어려운 상황도 가족끼리 뭉쳐서 함께 의지하며 해결하고, 즐거웠던 순간들도 함께 공유했던 우리 가족. 앞으로도 이렇게 서로를 생각하며 화목한 삶이 이어지기를 기도한다. 내게 네덜란드가 '파란 하늘 아래 동화 같은 집에서, 일찌감치 퇴근한 가족들이 바비큐를 요리하며 피어나는 연기'로 기억되고 있는 것처럼….

부록

더치로운 생활

초판 1쇄 발행 2024년 12 월 27일

저자 김지윤

펴낸이 김영근

편집 최승희, 한주희

마케팅 최승희, 한주희

펴낸곳 마음 연결

주소 경기도 수원시 팔달구 인계로 120 스마트타워 1318

이메일 nousandmind@gmail.com

출판사 등록번호 251002021000003

ISBN 979-11-93471-34-0

값 16000